アンドレ・ジッド 著

André Gide

大地の糧

Les Nourritures Terrestres

マテーシス 古典翻訳シリーズ XI

高橋昌久 訳

風詠社

目次

凡例 6
訳者序文 8
第一書 10
Ⅰ 10
Ⅱ 18
Ⅲ 23
第二書 31
第三書 46
第四書 63
Ⅰ 63
Ⅱ 78
Ⅲ 80
Ⅳ 95

第五書 103
Ⅰ 103
Ⅱ 107
Ⅲ 117
第六書 126
第七書 150
第八書 173
エピロゴス 188

凡例

一．本書はアンドレ・ジッド（1869-1951）による *Les Nourritures terrestres* を André Gide, *Les Nourritures terrestres*, Kindle Edition, 2022. を底本として高橋昌久氏が翻訳したものである。

二．表紙の装丁は川端美幸氏による。

三．小社の刊行物では、外国語からカタカナに置換する際、原則として現地の現代語の発音に沿って記載している。ただし、古代ギリシアの文物は訳者の意向に沿って古典語の発音で記載している。

四．「訳者序文」の前の文言は、訳者が挿入したものである。

五．本書は京緑社の kindle 版第五版に基づいている。

Was aus Liebe getan wird, geschieht immer jenseits von Gut und Böse.

Friedrich Nietzche

愛から為されるもの、それは常に善悪の彼岸から生じる。

フリードリヒ・ニーチェ

訳者序文

私がジッドの『大地の糧』を訳したのは、ある出版会社の社長がエッセイで言及していたから（推薦していたのではない）である。と言っても長々とではなくサラっとだけだが、その言及がどうも私を捉えて離さなかったのが、訳すに至った元々のきっかけである。

この作品は小説とは厳密には言えない。どちらかという詩であり、詩的小説であると言えるだろう。そのため明確な物語があるわけではなく、娯楽的な要素は薄く、精神的に陶冶するような禁欲的な啓発本の類としての性格も強い（文学好きな方はそれを引っ括めて「娯楽」というそうだが）。

正直に言えば、私はこの作品をそこまでは評価はしていない。駄作とは言わないが、読まれるべき名作とは思わない。しかしながら、本作に込められているエネルギーには目を見張るものがある。私がこの作品を評価できないのは、結局深みがそこまでないからで、基本ずっと同じことを繰り返しているからだが、その一方でその突っ走っていく勢いがある。本作はジッドがまだ三十にならぬ、まだ若さを有していた頃の作品で、若者の作品と言えるだろう。技法や思想として円熟は見られないが、中庸を知らぬ獅子が粗々しさを省みずただ猪突に猛進していく様は読み手に大きな印象を残すだろう。少なくとも代表作であり技法的には円熟したであろうが何処かなよなよした『狭き門』よりも遥かに好感が持てる作品である。

高橋　昌久

第一書

長きに眠っていた私の微睡む幸福が目を覚ます　ハーフィズ

I

ナタナエル、神とは特定の箇所に在るのではなく、至るところに在るものなのだ。各々の被造物は神を示すものであるが、そのどれもが決して神を顕すものではない。私たちの眼差しがそれらの被造物にじっと注がれると、それら各々の被造物は私たちの神への視線が逸らされてしまうのだ。

他の人たちが何か出版したり労働している間に、私はそれとは逆に頭に詰め込んだものを忘れるために三年間もの旅をした。この知識の解体はなかなかうまくいかず、難しいものだった。だがそれは、世間の大人たちが教え込んでくる知識よりも実りあるものであり、そしてこれこそが本当の意味での教育の始まりだと言えるだろうね。

私たちが人生において関心を抱くにあたってどれだけの努力を注がなければいけなかったか、君には到底わからないだろう。だが今では人生に関心を抱くようになり、それらの対象は全て同じものになるだろう、つまり――情熱。

私は自分の肉体を快く罰していた、罪よりも罰における快楽を感じていたからだ。私はそう罪を犯すまいと酔いしれるほどに自負していたのだ。

自身にある「才分」という観念を押し退けること、それにこそ精神上の大きな障害があるのだ。

……私たちの辿るべき道が明確に定まらないのは、一生の間私たちを苦しませる。君にはなんと言ったらいいのか。採るあらゆる選択肢は、よく考えてみればどれも恐るべきものだ。義務を導かぬ自由は恐ろしい。全く見知らぬ地方でも選べる道も一つはあるものだが、それを辿ることにより自己を発見するのであり、そしてこのことを肝に銘じておいてほしいのだが、他ならぬ自分自身のために発見するものなのだ。だから全く見知らぬアフリカの土地の全く定まらぬ道のりにおいても、これほどは迷うことはない。そこでは木陰が私たちを惹きつけたりする。まだ涸れていない泉の蜃気楼も……。だが泉というものはむしろ私たちの欲望を流れ出させるような場所にあるものだろう。というのも、土地というのは私たちが近寄っていく形に応じて存在するしかないものであり、私たちを囲む風景も少しずつ、私たちの歩みに従って形が整っていくものであるからだ。そして私たちは地平線の果てにまでは目を向けない。私たちの側にでさえ、連続しつつ移ろいやすい光景があるばかりだ。

だがこれほど重要なテーマにおいてこのような比較をする必要があるのか？私たちは皆が神を見出すべきだと信じている。だが、ああ、私たちは神を見出すのを待ち焦がれているのに、どこで祈りの文句をあげればいいのか知らないのだ！そして神は至るところにいると自身に言い聞かせるから、その見出されざる至高の者がどこに在ろうとも重要ではないのであり、そしてただ運に任せて跪くのだ。そしてナタナエル、君は自分を導くために自分自身の手が握っている光についていくような存在になるのだ。

君はどこに行こうとも、君はただ神とだけ会う。メナルクはこう言っていた、神は我らの前にある、と。

ナタナエル、君は通りすぎながら全てを見る。そしてどこでも立ち止まらない。神だけは決して一時的な仮初の存在ではないことを肝に銘じておいてほしい。

願わくは、大事なものが眼差しの向ける対象ではなく君の眼差しそのものにあるように。君が卓越した知識として君の中に留めてあるものも、世紀が終わったとしても君とは別の存在としてあり続けるだろう。どうして、そんなものにそれだけの価値をおくのか、君は？

欲望には利益があり、欲望の充足にもまた利益がある。なぜならそれによって欲望は増大するからだ。というのも、本当のことを君に言ってしまえば、自分の欲望の対象そのものを常に罪を犯して手に入れるよりは、各々の欲望自体の方が私をより豊かにしてくれるからだ。

大きな快楽に対して、ナタナエルよ、私は愛によってこの身を磨耗させた。それら快楽の絢爛さは、私が絶えずそれらに燃やしていた愛から生じていたものであった。私は疲れてしまうことなんてありえなかった。あらゆる熱意は私にとって愛の消耗だったのであり、それも恍惚とした消耗だったのだ。

異端者の中の異端者だった私は、いつも非常識な意見や極めて逸脱した考え、意見の不一致に惹きつけられてきた。どんな精神も他の精神との違いがなければ興味を示さなかった。私は共感というものを、ありきたりな感情として認識するものとしか思わなくなっていて、ついにそれを私自身から追い払ったのだ。

共感ではないのだ、ナタナエル、愛なんだ。

善悪の判断なしに行動すること。善悪を気にかけずに愛すること。

ナタナエル、私は君に熱意というものを教えたい。

平穏よりも感情に富んだ存在、ナタナエル、私は死という眠り以外ではどんな安息もいらないんだ。私は私の人生をかけても満たすことのできなかった欲望や活力が、生きながらえて私を苦しめるのではないかと恐れているんだ。私はこの地上で期待しているもの全て表した後、それに満足して、完全に「絶望して」死ぬということを望んでいる。

共感じゃない、それら二つが同じではないことを。私が時々、悲しさ、嘆き、苦痛に対して共感を抱くことがあるのも、愛を喪失してしまうことを恐れているからなんだ。そうでもなかったら、私はそういったものにはとても耐えられなかっただろう。その人の人生の世話はその人自身に任せておき給え。

（今日、私は書くことができない、というのも納屋で車が回っているからだ。昨日も同じものを見た。その車はブナを打っていた。籾殻が弾け飛んだ。種が地面に転がった。埃で息が詰まりそうになった。一人の女が挽き臼を回していた。二人の元気な少年が、裸足で種をとっていた。

私の目から涙が出る。というのもこれ以上何も言うことがないからだ。

人にはもう言うべきことが何もない時は、書くことをしないものだということを私は知っている。だが私はそれでも書いた、そして同じ題目についての別の事柄について色々と書くことだろう）

＊

ナタナエル、私は誰も君に与えたことがないような喜びを君に与えたい。私はそれを君にどのように与えればいいのかは分からないが、それでも私はその喜びを持っているのだ。私は他の誰によってでも今までされなかったくらいに、君に心を開いて言葉を訴えたい。私は今、夜に君のところに足を運びたい。その時君は、色々と本を開いたり閉じたりして、それらから得たもの以上のものをそれらの本に探し求めているだろう。君はその時、やはり待っていることだろう、君の熱意がどこかぐらついて、悲しみへと変わろうとしているだろう。私は他ならぬ君に対して書く。そして君がそういう状態にあることを想定してしか書かない。私はあらゆる個人的考え、あらゆる個人的感情がなく、ただ君自身としての熱意だけが描かれていると君が思ってしまうような本を書き上げてみたい。私は君に近づきたいと思っているし、君が「私を愛してくれたら」と思っている。

憂鬱というのは冷めてしまった熱意に他ならない。

あらゆるものはむき出しになれる。あらゆる感情は満ち足りることができる。

私の幾多の感情は宗教の如く解放された。そのことを君は理解できるかい?あらゆる感覚は無限の有ということに。

ナタナエル、私は君に熱情というものを教えよう。私たちの営みは、あたかもリンから自ずと放たれる光のように私たちに付随しているものだ。それらは私たちを確かに焼くだろうが、それは私たちに燦然とした輝きももたらしてくれる。

もし私たちの魂に何かしらの価値というものがあるのなら、それが他のどのものよりも強く燃え盛っているからだ。

青白い曙光が浴びている広大な野原よ、私は君たちを見た。青い湖、私は君の波立たせる漣の中で水浴をした。朗らかな微風が私を愛撫する度に私は微笑んだ。こういうことを、ナタナエル、君に何度も倦むことなく言い聞かせたい、君に熱意というものを教えたい。

もし私がもっと美しいものを知っていたなら、私はそのことについて君に話していただろう、間違いなくね、そして他のことについては話さなかった。

メナルク、君は私に叡智というものを教えてくれなかった。教えてくれたのは叡智ではない、愛だったのだ。

*

私はメナルクに対して友情以上のものを抱いていたが、ナタナエル、それは愛同然とも言えるものであった。私は彼を兄弟同然のように愛していた。

メナルクは危険だ。彼を恐れる必要がある。彼は智慧ある者たちからは排斥されるが、子供たちからは恐れられることはない。彼は子供たちに対して、家族だけを愛するのはやめて、そして、ゆっくりと家族から離れることを教示する。彼は子供たちの心を、酸っぱい果物への欲望で困憊させ、異質な愛で不安に陥れるのだ。ああ、メナルク。君と一緒にいたならどこか別の道を歩もうと思っただろう。だが君は弱さというものを嫌い、私にもそれから離れるように言い聞かせた。

人間には各々、異なった可能性が秘められている。もし過去が歴史の流れを残していなかったなら、現在にはたくさんの未来があることだろう。だが、ああ、ただ一つある過去がただ一つの未来を指し示す、まるで空間の上に架けられたどこまでも限りなく続く一つの長い橋のように、それが私たちの前で投げかけられているのだ。

人が理解不可能なことだけを行うという確証はない。理解できる、というのは行うこともできるということも自覚する。**できる限り多くの人間性を引き受ける**、これぞ金言。

人生に関しての多様な形態、君たち全てが私にとって美しいものに見える（私がこうして君に言っていることは、メナルクが私に言ったことだ）。

私は本当にあらゆる情念とあらゆる悪徳を知ることを望んでいた。少なくとも、私はそれを育みたかった。私の全存在は、あらゆる信仰へと駆り立てられた。幾つかの夜では私はほとんど己の魂を信じるくらいに興奮していて、それが自分の肉体から離れ去っていくのをほとんど感じていたくらいだ……。メナルクは私にやはりこう言っていたのだ。

そして冷え切った水でいっぱいのグラスのように、私たちの人生は私たちの前にあるのだろう。その水気を孕んだコップを熱に冒された人が手で掴んで飲もうとするわけだが、自分が熱に冒されているが故に待たなければならないことも承知していながらも、あまりにその水にそそられてしまいどうにも我慢できず唇にそのコップを近づけてしまい、一気に飲んでしまうのだ。それほどにその水は冷たく、それほどに熱病で喉が渇いてしまうのだ。

Ⅱ

ああ、私は夜の冷えた空気をどのくらい吸っただろう、ああ十字窓。そこからあれだけの青白い月の光が差し込んできて、霧によって泉のように見えた。それを浴びることはまるでその泉の水を飲むことのように思えた。

ああ十字窓、何度も私はお前のガラスに額を当てて熱を冷ましたことだろう。そして何度私は自分の欲望によってベッドからバルコニーへと大きな熱意で駆けていくも、縹緲とした静かな空を見上げると、その欲望が靄のように霧散していったことだろう。

過ぎ去りし日々の熱意よ、お前たちは私の肉体を致命的なまでにすり減らしたのだ。だが神からの慰撫を得ることがなくなった時、魂はどれほどに蕩尽されることだろう。

私の向ける崇拝を固定することは恐るべきことであった。私は全身の隅々まで困惑してしまった。

メナルクは私に、君はこれからも長い時間をかけて魂にとって見出すこと不可能な幸福を探求すると言った……。

訝しみながらも恍惚としていた最初の日々が過ぎると、それはメナルクと初めて出会ったときよりも前のことだが、今度は何かを不安気に待ち望み沼地を渡るような日々が到来した。身に重くのしかかるような眠気に襲われたが、それは睡眠を取ったとて回復するものではなかった。私は食事がすむとすぐに眠りに入った。私は眠り、そして起きるとさらに重い疲労感がこの身にあった。まるで変容する前準備であるかのように精神は麻痺していた。

存在の曖昧な作用。隠れた作用、人知れぬ生成、出産の辛苦、無気力、期待。蛹とニンフのように私は眠った。私は新たな私として形成されようとしていたが、それは以前の私とは似ても似つかぬものであった。あらゆる光が、緑が萌えた水の幾多もの層を貫通するように、木の葉や小枝を通って私の方へと差し込んできた。酩酊やひどい眩暈にも似た、錯綜して怠惰な知覚。ああ、いっそのこと深刻な危機や、病や、激烈な苦痛が我が身にやってきてくれればとも願ったものだ。そして私の脳は重々しい雲がいっぱいで嵐が渦巻いている空のようであった。呼吸をすることも難しく、液体でいっぱいで青空を覆い隠す煤色の皮袋を電光の一閃が引き裂いてくれることを今か今かと待ち望んでいるのだ。

この期待はあとどのくらい続く?そして叶えられたとて、生きるのに必要なもの我々にはもう残されているのか?期待!何を期待するのか?と私は叫んだ。私たち自身から生まれなかったもので何が形成されるというのか?それに私たちが知っているもの以外で私たちから生まれ出たものはあるのだろうか?

アベルの誕生、私の婚約、エリックの死、私の人生の動揺、私の無感動を終わらせるどころかさらにそれに我が身を浸らせるようだ。どうやら私を無気力にさせるその原因は私の考えと私の優柔不断さに起因するように思えたのだった。私は湿った地面の上で植物のように永遠の眠りに入りたいと思っていた。時折私は苦痛の果てに快楽が待っていると自分に言い聞かせ、肉体の消耗の中に精神の解放を求めたのであった。そして私は長い間さらに眠りに入った、子供たちが真っ昼間に賑やかな家の中で暑さにうなだれながら寝ていくように。

だいぶ時が経った。私は再び目覚めた。汗ばんでいて、心臓は鼓動で高鳴っていて、頭はまだ漠然としていた。鎧戸の隙間を通って光が下の方から差し込んできて、緑の芝生を真っ白な天井に反映していた。黄昏時のこの光だけは私にとっても心地よいものであり、木の葉と水の間から差し込んでくる甘美で魅力あるもののように思えた。あるいは洞窟の入り口で長い間闇が覆っていた後に差し込んできた、震えるような光にも思えた。

家の物音が微かに聞こえてきた。私はゆっくりと生へと蘇った。ぬるま湯でこの身を洗い、けだるさいっぱいのまま平野の方へと赴いた。そして庭にあるベンチに腰を下ろすと何をするのでもなくただ宵がくるのを待った。話すことも、聞くことも、書くことも、私にとってそれらはいつも疲れ切ってしまっていた。私は読んだ。

「……前に見えるは

寂寞の道
浴する海鳥は
翼を広げる……
我は必ずここに住まう……
……ここ以外ありえぬ
森の葉々の下
槲の下、この地下道の中
この土の家は肌寒く
我はただ困憊せり
谷は薄暗く
丘は高い
小枝は悲しみを孕み
茨に覆われる
喜びなき住処」

可能ではあるが未だ獲得せぬ生の豊かな感情が、時々垣間見えることはあり、その後も垣間見ることがあった。そして次第にそれは神経を苛立たせるものとなった。ああ、光の窓が自ずとやがて開き、絶え間ない報復の最中で照らしてくれたら、と私は叫んだものだ。

私という全存在を新たなものに浸して、鍛え直さないといけないというような必要性を大きく感じていたように思えた。私は第二の青春を待っていた。ああ、私の眼に新たな視野をもたらすこと、眼から書物によってできた汚れを洗い流し、両眼が見ている青空（近頃降り注いだ雨によって完全に澄み切っている）のようなものへと仕立てなければならない……

私は病に冒された。私は旅にでた。メナルクに出会った。そして私の驚くべき回復はいわば転生というべきものであった。新たな空の下、全く新しい事物に囲まれながら、私は新たな存在として生まれ変わったのだ。

Ⅲ

ナタナエル、君に待つことについて話したいと思う。私は夏の間、平野が待つのを、少しの雨が降るのを待っていた。通りの埃はすっかり軽いものになってしまい、風がそよぐ度に舞い上がった。それは欲望というものではもはやなかった。不安であったのだ。大地はあたかも水をもっと吸おうとするが如く、乾きひび割れていた。大地の花の香りはほとんど耐え難いものであった。太陽の下では全てが死に瀕していたと言えるほどだった。私たちは毎日午後になるとテラスの下へと足を運び、太陽の苛烈な日差しを少し避けつつそこで休んだ。ちょうどその時期は松の木が、つけていた花粉を、枝を軽々と揺らす事によって遠くまで飛ばし受粉させようとしていた。空は嵐が渦巻いており、万象はひたすらに待っていた。鳥たちは皆、沈黙していたゆえにその瞬間は身が圧迫されるくらいの厳粛さがたちこもっていた。大地からは焼き付くほどの風が吹き上がってきて、昏倒してしまうような気すらした。針葉樹の花粉は枝からまるで黄金の煙のように舞い出た。そして雨が降ったのであった。

私は空が曙光の期待に応えるが如く震撼するのを見た。星が一つ一つその光を弱めていった。牧場は露で濡れきっていた。空気はただただ肌を氷の如く冷たく撫でたのであった。あたかも曖昧とした生が微睡んでいる状態にあり続けたいと欲しているようであり、私の疲労した頭は隅々まで麻痺していたのであった。

私は森の外れの方にまで上がっていき、そこで座った。各々の動物は日がまた昇るという確信に喜び、それぞれの営みを再開した。そして生の神秘が木の葉の切り込みから再度拡大し始めた。そして日がまた昇った。

私が見た黎明はこれだけではない。私は夜の期待を見たのだ。

ナタナエル、君において待つというのは、欲望を期待することではなくただそれを受け取る心構えなのだ。君に来るものには全て期待するがよい。しかしあくまで期待するべきは来るものだけだ。持っているものだけを望むのだ。一日の各々の瞬間において、君は神の全体そのものを所有しているのだということを理解するのだ。君の欲望は愛から発するものであり、所有することは愛情に満ちたものだ。効力のない欲望など価値はあるだろうか？

どうしたんだ、ナタナエル。君は神を所有しているのに、そのことに気づかないなんて！神を所有するということは、神を見ることだ。しかし人は見ないのだ。いかなる回り道をしてでも、ロバに諫められたあの占い師バラムの如く、[1]君はロバの足を止めて眼前に神を見たのではなかったか。おそらく君はそれを実際とは別のものとして想像していたのだろう。

ナタナエル、神だけはどこに顕在するか分からぬものなのだ。神を待つというのは、結局すでに神を所有していることを自覚していない証に他ならない。神と幸福を分け隔ててはいけない。そして幸福を君の味わう全ての瞬間にこそ見出すのだ。

あたかも東方の青白い女性たちが自分の全財産を己に身につけているように、私にとっても肝要なものは全て私の中に絶えずあるのだ。私の人生のどんな僅かな刹那においても、私は自分自身において自分の富の全てを感ずることができたのだ。それは各々の具体的な事物を多数つなげることによってできたものではなく、私のひたすらな熱愛によってのものであった。私は自分の全神経を注ぎ、私の富を全て変わらず保持してきた。

あたかもその日が死に行くようもののように黄昏時を眺めるのだ。そして暁をあたかも森羅万象が生誕するように眺めるのだ。

「君の眼に映るものがいつも真新しいものであるように」

賢者とは全ての事物に驚く者なり。

ナタナエル、あらゆる頭の疲れは雑多な富からくるものだ。「全てのもののうち」、君はどれを好んでいるのか知ってもいなく、唯一無二の富とは生だということも理解していない。生の最も寸毫な刹那においてもそれは死、そして虚無よりも強いものである。全ては絶えず刷新されていくように、死は他の生への許しでしかない。いかなる生の形式も、自己を表現するため

1 バラム：『旧約聖書』民数記二十二章に登場する占い師。イスラエル人の神を信じていながらモアブ人の王の使者の誘いに乗ってしまい、王のもとへ向かおうとしたため、ロバの口を借りた神に諫められた。

の時間以上に長くそれを引きとどめることはない。君の言葉が反響している間は幸せなのだ。
それ以外の時間については、耳を澄ませるのだ。だが君が語る時、聞いてはいけない。
ナタナエル、君にある全ての書物は焼き払ってしまわなければならない。

ロンド――私が焼き払ったものを讃えるために――

教室の机に向かい
小さな腰掛けに座って読む本がある
歩きながら読む本がある
（それは本の大きさにもよるものだが）
あるものは森の中で読み、あるものは野で読む
そしてキケロは「nobiscum rusticantut」[2]と言ったのだ
駅馬車の中で読んだものもあるし、
干草の小屋で寝ながら読んだものもある
人は魂を持っているものと信じさせる本もあるし
逆に絶望させるためのものもある
神の存在を証明するためのものもあるし

証明に至らぬものもある
私人の書斎にでもなければ所有すること許されぬものもある
多数の権威ある批評家により賛辞を呈されたものもある
養峰についてばかり扱った専門的すぎるものもあり
あまりに自然に関して探求しすぎ読了すれば歩き回ることが徒労になってしまうものもある
賢者は軽蔑するが児子たちを興奮させるものもある
傑作集と言われるものもあり、何にでも言及するものもある
人生を愛するように書いてあるものもあれば
それを描き終えて後、著者が自殺したものもある
憎しみの種を蒔き、自分が蒔いたそれを自分で収穫したものもある
恍惚感が充溢していて、うっとりするくらいの恭々さをもち
あたかも光の如き輝きを放つものもある
兄弟の如き慈しみ
より純にして我々よりもさらに生きたものもある
中には学識を相当に積んだ者ですら理解できぬような

2　ラテン語で「それは我らと共に田園にあり」の意味。

読み手にとって異風な書き方のものもある
ナタナエル、全ての本をいつ焼尽すべきか！
四スーほどの価値しかないものもあれば
計り知れぬ価値を持つものもある
王や王女についてのお話のものもあれば
赤貧の者を語るものもある
真昼に、木の葉のざわめきよりも
柔和な言葉で語るものもある
これはパトモス島のヨハネが[3]
ネズミのように食したというものなのだが
しかし私としてはイチゴを食したい
そのような食をしたゆえに、彼の腑が苦々しさでいっぱいになり
そしてついには幻と現の区別がつかなくなったのだ
ナタナエル！いつの日か書物を全て我らの手で焼尽するのだ！

海岸の砂利が単に心地よいと読むだけでは足りぬ。私は私自身の裸足でそれを感じたいのだ。

私にとって感覚を通して得られた知識でなければ、そんな知識なぞ要らぬものだ。
私がこの世で何か優美なものを見れば、すぐに私の愛情がそれに触れてみたいと思わぬことはなかった。大地の惚れ惚れするような美しさ、その表層における開花は驚愕すべきものだ。風景、それこそ私の望みが一点集中して注がれていった！私の探求心が歩きまわる開かれし風景、水上に凝固したパピルスの路、川へと撓んでいる小枝、林間の空き地への入り口、木の葉の隙間から表れ出て無限の期待を湧き起こす平野。岩や植物たちによって形成される回廊を私は歩きまわった。私は春が辺りに広がっていくのを見た。

饒舌なる現象

その日から、私の生における各瞬間に、全く形容できぬくらいのみずみずしい味わいが贈与されるようになった。情熱的な昏倒がほとんど恒久的にあるほどの生を私は生きたのだ。私はすぐに陶酔の境地に陥り、もはや一種の麻痺と言えるくらいの状態で歩むのを好んだ。

3　Ιωάννης:『新約聖書』に登場する十二使徒の一人で、ペテロなどと並んで地位の高い弟子。パトモス島に流刑になった際に「ヨハネの黙示録」を執筆したとされている。

確かに、私が行く先々で唇に笑みを湛えているものに遭遇すればそれら全てに接吻したかった。頬に浮かぶ赤い血、目に浮かぶ涙、私はそれらを飲みたいと思ったのだ。私の方へと傾いてくる枝に宿っている全ての果物を私は芯まで齧りたいと思った。宿屋の前に来るたびに、空腹が私に会釈した。泉の前に来れば、渇きが私のことを待っていた。各々の泉に、各々異なった渇きが。私のその他の欲望を記すための言葉を私が知っていたなら歩みには、

路が開かれていて
身を憩うには、木陰が招いていて
泳ぎには、眼前に深い水があった
恋や微睡には、寝台があった

私は大胆にあらゆるものに手を伸ばした。そして私の欲望の対象に対して全て私には権利があるものと信じ込んだ。（そして、ナタナエル、私たちが欲するものは所有ではなく愛なのだ）ああ、私の前にあるもの全ては虹色に輝く、あらゆる美が私の愛を秀色神彩に纏っている。

第二書

糧よ！
私はお前のことを待っている、糧よ！
私の飢えは途上において置き去りにされるような代物ではない
満足しない限り沈黙することはないのだ
諸々の道徳は飢えによって達成されるものではなく
喪失において養われるのは私の魂だけだ
充足！私はお前を求める
お前は夏の曙光の如き美しさだ
黄昏においてより優美な泉、真昼における甘美な泉。冷える夜明けの水。海辺の微風。マストが並び立つ港。リズムよく弾み流れる河岸の生暖かさ……。
ああ、もし草原へと続く道を辿っていくのならば、あるのは真昼の蒸し暑さ。畑の飲み物。夜は寝るための積み重なった干草の窪み。
もし東へと行くのなら。かつての思い出に浸らせる海上の軌跡。モスールの庭。トゥグウルの舞踏。エルヴェシアの牧人の歌。

もし北へと行くのなら。ニジニの市場。雪をかき上げる橇。氷結した湖。確かにね、ナタナエル、私たちの欲望は決して留まることが無い。

船が見知らぬ土地の海岸からの熟した果物を運搬しつつ、入港してきた。少し早めにそれらを積み下ろしてくれ、私たちもその果物を味わいたいのだから。

糧よ！
私はお前のことを待っている、糧よ！
充足、私はお前を求めている。
お前は夏の微笑みのように美しい
私はすでに答えの用意されているような
欲望なぞ抱いてはいないことを知っている
糧よ！
私はお前のことを待っている、糧よ！
あらゆる空間を回り私は求めている
私に宿っている全ての欲望の充足を。

＊

私が地上で知った最も美しきものは
ああナタナエル！それは私の飢えだった。
飢えはいつも飢えを待っているものに
忠実なのであった。
ナイチンゲールは葡萄酒に酔うものだろうか？
鷲は牛乳に？ツグミは酒のジンに酔わないだろうか？

鷲は己の飛翔に陶酔する。ナイチンゲールは夏の夜に陶酔する。平野は熱気に震える。ナタナエル、あらゆる情念が陶酔になれることができたら。もし君の食べているものに陶酔を感じないのならば、君はまだ十分に飢えていないということなのだ。
あらゆる完全な営みは喜悦を伴うものだ。だから君はその営みを成就させないといけないことを知っている。私は辛苦しつつ労働した人の手柄に鼻高々な輩を好まない。なぜならばもしその労働が辛く苦しいものだったというのなら、その人は他の労働に従事した方がもっとよい成果を上げられたのだから。その労働に喜びを見出すのなら、それはその人にとってうまく適合しているという証である。だからナタナエル、それこそが何よりも私の導き手なのだ。

私の肉体が毎日喜悦を味わうことに疼いていることをよく知っているし、そのために自分の知性をその支えとする。そして私の睡眠が始まる。それから先のことは、此岸だろうと彼岸だろうと私にはどうでもいいことだ。

＊

「己の持っていないものを欲しがるという奇妙な病が世はある」

——私たちも、と彼らは言う、私たちも私たちの魂の痛ましいほどの気だるさを知っているのだろう！アデュラムの洞窟から、ダヴィデ、君は貯水槽にある水をやるせなく欲していた。君は言った。ああ、ベッヘレムの城壁から迸って流れる瑞々しい水を誰か持ってきてくれたら！子供の頃、私はその水で喉の渇きを癒した。だが熱に冒されるほどに欲しているその水も今となっては私から引き離されてしまった。

ナタナエル、過去の水をもう一度味わおうなどと決して望むな。ナタナエル、未来において過去を再度見出すことを決して求めてはならない。各々の瞬間における二つとない新しさを掴むのだ。そして君の喜びのための準備をしようともしてはならない、あるいは計画した場所に行ってみれば「別の」類の喜びが不意に君を捉えることを知っておくのだ。

全ての幸福は突然遭遇するものであり、あたかも路上を歩いていると不意に乞食と出くわすように、君の前に各々の瞬間において立ち現れることを君は理解しておくといい。このような幸福を君が思い描かなかったから、――そして君が営みの原理や祈り以外のことは認めなから、そういう理由で君の幸福は死に絶えていたというのなら、君は不幸になる宿命だ。

明日の夢は一つの喜びではあるが、かといって明日の喜びはそれとは別のものである。そして幸いにも、自分で仕立てた夢と似ているものは何もないのだ。なぜなら各々の事物の価値は「異なっている」のだから。

君が私に言ったこと、お前にこんな喜びを用意しておいたから来い、という言葉は私にとって気にいるものではない。私はもう今では不意な遭遇という喜びと、私の声が岩壁から迸って出てきたような幸福しか愛せない。その喜びは、あたかも瑞々しい葡萄酒が圧縮器から溢れ出るように、新鮮で力強く私たちの方へと流れ込んでくる。

私の喜びがあらかじめ準備されるのも、「シュラミイット」が幾多もの部屋を通り過ぎていくことも好まない。彼女にキスをするために、私は自分の口元についた葡萄房の染みをあえて拭わなかった。キスした後、私は甘い葡萄酒を飲んだが、口の渇きは癒されなかった。そして蜂の巣箱の蜜を蜜蝋ごと食べた。

ナタナエル、神と君の幸福を分けてはならない。

＊

「それは結構」と君が言えないのなら、「それは残念」と言え。そこにこそ幸福の前途洋々たる望みがあるのだ。

幸福の刹那を神から授けられたものとみなす者がいる。では他の人たちは一体誰から授かるというのか？……

ナタナエル、神と君の幸福を分けてはならない。

「もし私が存在しなかったならば、私を存在しないように神に願うことができないのと同様に、神に対して感謝することもできない」

ナタナエル、神についてはごく自然に語らなければならない。

一旦存在として許されたなら、大地の存在、人間の存在、そして私の存在が自然に見えるように望む。だがそのことに気づき呆然とすることにより、私の知性が混濁してしまうのだ。

やはり私はまた賛美の歌を歌い、そして書き上げた

ロンド――神の存在の麗しき証―

ナタナエル、詩における最も美しき振る舞いは千と一ある神の存在の証の礎に築かれる。そのことを君にわざわざ再度繰り返す必要もあるまい。ましてやただ上辺だけの意味合いで。そして逆に証だけを証明することに躍起になる者もいるが、私たちに必要なのは神の永劫性なのだ。

ああ、聖アンセルムスの論証があることを私は知っている[4]
また浄福なる瑕なき島の教訓話も
だがああ、ナタナエル、
誰もが皆その島に住めるというのではない
最大多数による一致というものがあることは知っている
だが君は選ばれし少数の人たちがいることを信じている
二かける二は四であるという証があるのは疑いないことだが
だが皆が皆計算ができるというのでもない

4　十一世紀の神学者アンセルムス（Anselmus Cantuariensis, 一〇三三～一一〇九）が提唱した「神の本体論的存在証明」を指す。

第一の動者があることはやはり証拠立てられているが
だがそれよりも以前に存在していた者もやはり在るのだ
ナタナエル、私たちがその場にいなかったのは残念なことだ
男と女が創造されたことをこの目で見られただろうに
彼らが幼子として生まれなかったことにさぞや驚いただろう
エルブルウズの樹は生まれた時からすでに何百もの年齢を重ね
既に水が奔流している山の上にうんざりして老いたような姿であっただろう
ナタナエル！黎明においていることができたなら！その時に目を覚ましていなかったというのなら、私たちはどれほどの怠け者だというのだ。生きたいと願ったのは君じゃないのか?あぁ！私も確かにそう願いはしたが……。だがその時期は、まだ神の精神は眠りから覚めたばかりであった。水上でぐっすり眠った後の目覚め。もし私がその時にいたのなら、ナタナエル、神にもっと全てをもっと広規模に創ることをお願いしたことだろう。そしてそうお願いしたところで、神は聞き入れてくれないというような返答はしないでくれ給え。

目的因に依った証がある
だが結果が過程を正当化するとは誰も思わない

神への愛によってその有を証立てる者もいる。だからナタナエル、私は自分が愛するもの全てを神と名付けることとし、そしてそれ故に私はできる限り全てを愛そうとした。私が君の名前を挙げることに恐れを抱かないでくれ。それに君から始めることもしない。人間よりも事柄の方により心が惹かれてきたし、この地上においてとりわけ愛そうとしているのは人間たちというのではない。なぜなら、誤解しておいてほしくないのだがナタナエル、私自身においてもっとも強いものは決して善ではないからだ。そしてそれが今では最良のものとは思わない。そして人間において特に私が尊重すべきなのも善だとは思わない。ナタナエル、彼ら人間たちよりも神を愛するのだ。私もまた同様に神を讃えることを知った。神のために讃美歌を歌った。そして歌いつつ、必要以上に賛美しすぎたと思うことさえあった。

——「そんなに体系立てるに現を抜かして楽しいのか」と彼が言った。

——「倫理学以上に私にとって面白いものはない」と私は答えた。「そこにこそ私の精神の満足が見出されるのであり、精神を倫理学に結合させたがらないような喜びを私は決して味わわない」

——「それによって喜びが増加するとでもいうのか？」

——「いや、私の喜びを正当化させるのだ」と私は言った。

確かに、教義や完成した秩序ある思考体系が私自身の行いを正当化してくれたことをしばしば喜んだものだ。しかしそれも、私の肉欲の避難所としてしか思えないこともしばしばあったのだ。

*

全てはそれぞれの適切な時間に応じてやってくるのだ、ナタナエル。各々はその必要から生じるのであり、外的な必要性と言えるだろう。

私には肺が必要なのだ、と樹が私に言った。そうすれば私の樹液が葉となり、ついには呼吸をできるようになる。そして私が呼吸をするときに、私の葉は舞い落ちてしまうが、かといって枯れ死ぬ訳ではない。私に実る果物は生命に関する私の思考を全て宿している。

ナタナエル、私がこのように教訓じみた話ばかりをすることに恐れてはならない。私としてもそれのような話し方はあまりいいものとは思っていないからだ。私は君に生以外の叡智を教えようとは思っていない。なぜなら思考というのは大いに不安を宿すものだからだ。私がもっと若かった時、自分の営みがどこまで私をもたらすのかを追跡しながら行為して、疲れ切ったものだ。もう行為しないように自分を縛らない限りは、罪を犯さないという確信はもてなかった。

そして私は書いた。自分の肉体を救うことができたのは、自分の魂を取り返しできないくらいに腐敗させたことに他ならない。だがこうは言っても、私が結局何を意味して言葉を発しているのか、自分で理解できなかった。

ナタナエル、私は今では罪について信じていない。

だが、君は思考の権利を少しでも手に入れようと思ったら、多大な喜びを必要とすることを理解しておかなければならない。自分を幸せだと思って思考する者は、真に強者であると呼べよう。

ナタナエル、各人の不幸は各々が眺める側にあるということで、その眺める対象に従属することに起因するものである。各々の事物が大事なのは私たちのため故ではなくて、それ自体のためなのだ。君の目が眺められているものであったなら！

ナタナエル！君の美しい名前を思い浮かべずに、詩を書くことは一行たりともできない。

ナタナエル！君を生へと生まれさせたい。

ナタナエル、君は私の言葉の悲しさを十分に理解してくれているだろうか？私は君にもっと近づいていきたい。

あたかもエリゼが「シュラミイット」の子供を蘇らせるために、彼の上に「口を口に、目を目に、手を手に、重ねるように伸ばした」私の燦然と輝く心臓をまだ辺りが薄暗い中で君の側へと近づけて、私の口を君の口に、私の額を君の額に、君の冷たい手を私の温かい手に重ね、そして私の心臓は躍動した。（「かくて幼児の肉はまた温まった」と彼は書いた……）君は快楽において目覚め、平穏知らぬ騒然とする生へと向かうために――「私を置き去りにする」。

ナタナエル、私の魂の情念はこれで全てだ。持ってゆくがいい。

ナタナエル、君に情熱を教えたい。

ナタナエル、君に類しているものからは離れなければいけない、絶対に離れなければならないのだ、ナタナエル。一度、周囲のものが君に似るようになったら、そして君が周囲のものへと同化してしまったら、君にためになるものはそこには何もないのだ。周囲にある君と類似したものを君は棄てなければならない。君の家庭、君の部屋、君の過去くらい君にとって危険なものはない。君にとって教育となるものだけを、君は一切から受け取らなければならない。そして事物から流れ出る快が教育を枯らすように。

ナタナエル、君に「瞬間」について語りたい。瞬間における「現在」がどのような力を持っているか君は把握しているだろうか?絶えず頭にあった死の思想は、君の生の寸毫の刹那においても価値をもたらさなかった。そして各々の瞬間が、死の陰翳の底から浮かび上がらなければ見事な輝きは放てないというのが分からないのか。

私はそれを行うため全時間を持っているということを、告げられ証明されたならば、もはや私は何も求めない。他のことをなんでもする時間があるので、何かを始めようとした時私はまず己が身を憩わせるだろう。私が生の形式がいつか終わるものということを何よりも知っていたら、私が行おうとすることは何だろうとどれもがこれも大した違いはなくなる。そして生を送った後は、毎夜に抱くのよりももう少し深くもう少し忘却する眠気の中で休息することだろう……。

＊

そして私は孤独な喜び全体のために、自分の生とその各々の瞬間を「切り分ける」ように努めた。そこにおいて幸福における特殊性を全てを凝縮させるために。こうして私はもはや最も最近の思い出すらも認識できなくなった。

＊

ナタナエル、事物を単に肯定するだけでも大きな喜びがある。

ヤシの実はなつめやしと呼ばれ、とても美味しいご馳走なのだ。

ヤシの葡萄酒はラグミィと呼ばれ、樹液を醸造して生成したものだ。アラビア人はこれで酔いしれるわけだが、私としてはあまり好きではない。ウルディの美しい庭園でカビール[5]の牧人

5 Kabyle: アルジェリア北部に住んでいるベルベル人の民族グループ。現在はフランスに多く住んでいる。

が私に提供してくれたのは一杯のラグミィだ。

*

私は今朝、泉へと続く道を歩いていく途中、奇妙なキノコを見つけた。それはまるでオレンジ色の木蓮の実のように白く覆われていて、灰色の規則正しい模様がついていた。目を凝らしてみてみると、その模様の内部から胞子粉が出てきていてこのような状態になったのが理解できる。膜を破ってみると、泥みたいなものが中心に凝結していていっぱいにあり、そして吐き気を催すほどの臭いが漂ってきた。そのキノコの周り、もっと開いたキノコが多数あった。それは老いた樹の幹に見られるような平たい菌状のものに過ぎなくなっていた。

(私はこれをチュニスへと出立する前に書いた。そして私が捉える事物全てがいかに重要であるかを君に伝えるために写しをここにおいておく)

オンフルール(街頭にて)。

時折、私の周囲にいる他人は、私の個人的な生における情念を増幅させるためにだけ動き回っているのではないか、と思うことがある。
昨日はここに私はいた、今日はあそこにいる。
ああこの人たちは私に何をしてくれるというのか。
ひたすらに喋り、喋り、
昨日はここに私はいた、今日はあそこにいると喋る人たちが……。

二かける二がやはり四であると延々と繰り返していくことが、私の日々をある種幸福で満たしてくれることを私は承知している、――そして机の上の私の拳をただ眺めることが……。
そしていつの日か、それが私にとってどうでもいいものと思える日もあることを。

第三書

ヴィラ・ボルゲーゼ。

この水盤の中にある……（薄明かり）……あらゆる滴り、あらゆる光、あらゆる存在、それらが快楽を抱きつつ死のうとしていた。

快楽！その言葉を私は何回も何回もいつも口にしていたい。これを「安らぎ」と同義だと欲し、それどころかただ「存在」としてもいいくらいだ。

ああ、なぜに神はただ快楽だけを視野に入れて創造されなかったのだろう。自分に言い聞かせねば理解できないのだろうな……。

それは快い瑞々しさの宿る場所であり、眠りの魅惑がとても大きく、いままで気づけなかったほどだ。

そしてそこには、美味な糧が、我々が空腹のあまり食しようと欲されるのを待っていたのだ。

アドリア海（午前三時）。

網具に囲われながら歌う水夫たちの声が私を煩わせる。

ああ、もう老い果てながらもとても若々しい大地よ、人間のとても短い生においてあの苦々しくて甘美な味を、お前が知っていたら、お前が知っていたなら！

外観上は不滅な思想よ、間も無くやってくる死を待つことがその瞬間にどれほどの価値を与えるのか、お前が知っていたなら！

おお、春よ！一年しか生きない植物が慌ただしくその脆い花を咲かせるが、人間には春というものは一度しか人生で訪れず、そしてその時の喜びの思い出が後に新たな幸福へと導いてくれるわけではない。

フィエーゾレ[6]の丘。

美しいフィレンツェ、荘厳な学問と、贅沢と、花咲く街。とりわけ勤勉な街。金梅花の玉飾りと「しなやかな月桂樹」の冠。

6 Fiesole: フィレンツェ近郊のコムーネ。町自体がフィレンツェを眺める丘の上に立っており、町の東南部にもチェチェリ山と呼ばれる有名な丘がある。

ヴィンチリアータの丘。[7] そこで私は初めて青空の中に雲が溶け込んでゆくのを見た。雲が空へと吸い込まれていくことがあるとは思っていなかったので驚いたものであった。雲は雨となって降ってくるまではそのままの状態にあり、どんどん濃くなっていくものと思い込んでいた。だが実際はそうではなかった。雲の一片一片が消え去っていくのを私はじっと見ていたのだ。——そして残るのは青空だけであった。それは驚くべき死とでもいうものであった。大空での消失であった。

ローマ、モンテ・ピンチョ[8]

この日に私を喜ばせたのは、何か愛のようなものであった。それでいて愛ではない。少なくとも人々の口にのぼり、探し求められるような恋愛めいたものではない。そして美の感覚でもない。女性からくるものではない。かといって私の思想からくるものでもない。それを言葉にしてなんとか書きたいのだが、それはただ「光」の慎ましい高揚であるとすれば君は理解してくれるだろうか?

私はこの庭園で座っていた。太陽は見ていなかった。しかしあたかも青空が液化して降り注ぐかのように、光の輝きが辺りに拡散していた。そうだ確かに、光は波立っていて、光が渦巻いていた。水滴のような煌めきが苔の上に放たれていた。そうだ確かに、この広大な路に光が流れていると人は言うだろう。そしてその光の流れの中に、黄金の泡が木々の梢に漂っていた。

……………………

ナポリ。海と太陽に臨んだ小さな美容院。蒸し暑い埠頭。入る際に上へと上げられる簾。人が寛いでいる。こんな状態が長く続くのだろうか？静寂。顳顬に滴る汗。頬に揺らぐ石鹸の泡。すると髭を剃った後に身を整え、さらにもっと器用に剃刀で剃り、さらに皮膚を柔らかくするためにぬるま湯に浸からせた小さなスポンジで唇を吊り上げる。それから香水の入った淡水でヒリヒリした剃った部分を洗う。そして軟膏でその感覚を和らげる。そしてまだ動きたくなく、髪を切る。

アマルフィ[9]（夜に）。

7　Colline de Vinciglìata: フィエーゾレにある丘の一つ。現地では「恋人の丘」として知られている。

8　Monte Pincio: ローマの歴史的中心地の北東に位置する丘。ピンチョの丘とも呼ばれる。

9　Amalfi: イタリア南西部、地中海に面した港湾都市。世界遺産であるアマルフィ海岸、アマルフィ大聖堂などで有名である。

多数の夜の期待あれど
人はその愛を知らぬ

海の上の小さな部屋。月が、海上に映える月が余りに皓々としていて目を覚ましてしまった。私が窓に近づき、その時間は夜明けの時間だと思っていて太陽が昇るのを見るつもりでいた……。だがそうではなかった……（すでにたっぷりとあり、完全に成就した）。――「月」――、ファウスト第二部のヘレーネの如き優しさ、優しさ、優しさ。寂寞たる海。死んだが如き村。犬が夜に吠える……。窓の掛け金。
人がいてもいいような所ではない。全てがどのようにして目を覚ますのかもはや理解できぬ。悲嘆極まりない犬。もう光は差し込まないのか。眠ることなど不可能。君は何をするのか……（あれか、それともこれか）。

人気のない庭へと君は出ていくのか？
海辺に降りて、身を浴するのか？
月の下で陶酔するが如きオレンジをお前は積みに行くのか？
愛撫して、犬を慰めるのか？

(何度も私は、自然が私に身振りをしろと命じるのを感じた。そしてどのような身振りをすればいいのか私にはわからなかった。)

来ぬ眠りを待つこと……。

一人の少年がこの壁に囲われた庭へと私についてきた、階段に少し触れる木の枝に身を引っ掛けながら。階段は庭に沿う形でテラスへと続いていた。どうにもそこから入っていくのは大変そうだった。

木の葉の下で私が愛撫したその小さな顔!どれほど陰が濃くともその輝きを曇らせることは決して能わない。そして君の額に垂れている巻き毛の陰の方が、いつも暗いように見える。

私は庭へと降りていき、蔓や枝に寄りかかり、そして鳥籠よりも歌声がいっぱいの林立で愛に啜り泣くだろう。宵になるまで、噴水の神秘的な水が黄金に染まり闇を覆う夜がくるまで。

木枝の下で結び合う優美な肉体
私の華奢な指で真珠色の肌に触れた

音も立てずに砂の上に置かれた
あの細い足を私は見ていた

シラクサ。


底が平らな小舟。垂れ込めた空、時折それは生ぬるい雨を私たちにまで降らす。水草の泥の匂い、茎の微かな震え音。

迸るように流れる蒼色の泉も水底に隠れていて、目には見えぬ。いかなる音も辺りにはない。

この寂寥とした平原において、この自然にできた広口の水盤において、パピルスの間隙から花が咲き出るように水は湧き出る。


チュニス。


青空全体に、ただ帆のための白、水中の陰のための緑。

夜。影に輝く指輪。

月の光を浴びながら、人は彷徨する。昼とは様相の異なる考え。

砂漠を照らす、不吉さを孕んだ月の光。墓地を徘徊する悪魔たち。青い敷石におかれる素足。

マルタ。

まだ明るく影もない夏の黄昏時に、広場を覆う不可思議な陶酔。殊更に珍しい歓喜。

ナタナエル、私が見たとても美しい庭園について君に聞かせたい。

フィレンツェでは、薔薇が売られていた。ある日街全体に、薔薇の香りが漂っていた。毎夕方、私はカッシーネ[10]を散歩したし、日曜日には花なきボボリ[11]の庭を歩いた。

セビージャ[12]ではヒラルダ[13]のほとりでモスクの古めかしい庭があった。オレンジの樹がそこで左右対称をつくる形で生えていた。庭の残りは石が敷かれていた。太陽が苛烈に光を差し込ませている日には、限られた狭い陰しか形作られていなかった。庭は四角く、壁に囲われていた。その有様はとても美しいが、どうしてこれほどまでに美しいのか君に言葉で表せばいいのか分

10 Cascine: フィレンツェに位置する公園。広大な公園であり、朝市なども開催される。

11 Giardino di Boboli: フィレンツェの庭園。当初はメディチ家のために作られ、現在では歴史的な彫像が多数設置されている。

12 Sevilla: 原文では Séville 表記。スペイン南部の大都市で、古代以来の長い歴史を持っている。

13 Giralda: セビージャ大聖堂の鐘楼の名称。ムワッヒド朝の治世において大モスクのミナレットとして建築された。その後カトリック教徒によって聖堂の鐘楼として使われた。

からない。

街の郊外にある、鉄格子に仕切られた広大な庭には、熱帯樹が盛んに生い茂っている。私はそこには入らなかったが、鉄格子から覗き込む形でそれを見た。するとホロホロチョウが羽回っているのが見えて、そこには飼い慣らされた動物が多数いるのだと私は考えた。

アルカザアルについては君になんと言えばいいだろう？あの驚くべきペルシアを思い起こさせる庭。こうして君に話聞かせていると、それを他のどのような庭よりも好ましいものと思えてならない。ハーフィズを再度読みながら、そのことを考える。

酒を持ってきてくれ
それで私の衣服に染みをつけてみたい
私は愛に酔っぱらい
それで人は私を賢者と呼ぶ

路には噴水が多数設えられている。そしてそこは大理石の石が舗装されていて、ギンバイカや糸杉がそこを縁取っていた。両側には大理石に囲われた泉がある。そこは王の愛人たちが身を浴していた所だ。そこにある花は、薔薇と水仙と月桂樹しか見当たらない。庭の奥には、一本の巨大な樹木が聳えており、ヒヨドリがそこに囚われていると信じてしまいそうだった。宮殿のそばには、とても悪趣味に飾られている噴水があり、貝殻だけで作られた像が多数立っているミュンヘン宮の内庭のそれを思い出させる。

いつかの春に、私はミュンヘン宮殿の庭に足を運んだことがあり、そこでいつまでも鳴り止まぬ軍楽隊の演奏を聴きながら、五月の草に寝転びながらアイスクリームを食べていた。粗忽ながら音楽には熱狂する大衆。夕方には哀れさを醸すようなナイチンゲールの鳴き声を耳にしてうっとりとしていた。彼らの鳴き声が、あたかもドイツの歌曲のように私を物憂くさせた。その声には得も言えぬ極上の愉悦が込められており、それを聞き流すことも涙をなさぬこともとてもできない。その庭園から受ける恍惚感は、私が別の場所へ行っていたかもしれないと思い起こすだけでも切ない想いを抱いてしまうのであった。気温というものを、もっと具体的に楽しむことができるようになったのはその夏からであった。瞼は気温に日に敏感なものだ。車の中のある夜、私はもっと新鮮な空気をもっと密に味わいたいがためだけに、開いていた窓の側で席を取っていた。私は両眼を閉じたが、それは眠るためではなく、その空気を味わうためであった。昼はずっと窒息するような暑さであり、そして夜でも空気はまだ生暖かくて、私の燃えるような瞼には瑞々しい水が流れていると思うくらいだった。

グラナダでは、ジュネラリフの露台にセイヨウキョウチクトウが咲くとされていたが、私が見た時は咲いていなかった。ピサのカンポサント[14]にも咲いてなかったし、聖マルコの小さな修道院にも、薔薇いっぱいに咲いてくれていたらと望んだものだった。だがローマには、一番いい季節でモンテ・ピンチョを訪れたのだった。身にのしかかるほどの午後の暑さが続く中、人々は避暑地としてそこを求めたのであった。その付近を私は住処としていたので、毎日散歩した。私は体の調子が悪くて、何も考えることができなかった。すると自然が私を貫いていったのだ。神経の不調もあったことにより、私の肉体の限界点がはっきりとわからなくなった。まるで肉体がどこまでも広がっていくかのようだった。時にはそれに快も感じるくらいだったので、砂糖が如く自分が多孔的になった。溶けてしまいそうだった。座っていた石のベンチからは、私を困憊させるローマを見るのが遮られていた。そこではボルゲーゼの庭を見渡すことができ、地面が低い所だと私の足は少し離れたところにある最も高い松の梢と同じくらいの高さになった。おお、露台よ！露台、そこから空間が広がっていくのだ。おお、飛翔による航空よ……！

夜、ファルネーゼ[15]の庭を私は徘徊したいと思っていたのだが、立ち入り禁止にあった。この人から姿を隠しているかのような廃墟になんと目を見張るべき植物が生えていることだろう。

ナポリには、埠頭のように海へと続く低い庭があり、そこは太陽を差し込ませている。

ニームには、運河のような澄んだ水でいっぱいの噴水がある。

モンペリエには、植物園。アンブロワーズと一緒に、ある夕暮れにまるでアカデムスの園[16]にいるように、糸杉によりすっかり囲まれている古い墓の上に座っていた。そして薔薇の花びらを齧りながら、ゆったりと語りあった。

ある夜、私たちはペイルーの岸辺から、遠くまで広がる海とそれを月の光が銀色に照らしている様を見た。私たちの近くで、街の給水塔から落ちていく滝が広まっていく様を見た。白い縁飾りをつけた黒い白鳥が乱れぬ水面を泳いでいた。

マルタでは居住地の公園へと、本を読むために出かけた。チタ・ヴェキアにはレモンを咲かせている小さな一つの樹があった。それは「イル・ボスケット」と呼ばれていた。そしてレモンを摘み取ったものだ。熟したレモンを私たちは齧り、最初の一口はとても我慢がならないくらいに酸っぱいが、噛んでいくうちに清々しい香りが口中に広がっていったのだ。シラクサでも、無愛想な石牢でレモンを齧った。

14 Camposanto: イタリア中部の都市ピサにあるピサ大聖堂に付属している納骨堂を指す。原文では Campo Santo 表記。
15 Farnese: ローマにあるルネサンス期の建築物であるファルネーゼ宮（Palazzo Farnese）を指すものと思われる。原文では Farnèse 表記。現在はフランス大使館として使用されている。
16 Ἀκάδημος: ギリシア神話における半神の英雄。ここではその英雄のいた聖域を指すと思われる。同地にプラトンが学園を建て、英雄の名を取って「アカデミア」と称された。

ラ・エイ[17]の公園には、とても野生的なダマジカが走り回っていた。

アヴランシュ[18]の庭では、モン・サン・ミシェルが見えて、夕暮れ時には遠くにある砂利が何か燃えているように思えてしまう。非常に小さい街だが、魅力的な庭を持っているのもあるのだ。だがその街を忘れてしまい、その名前も忘れてしまった。もう一度その庭へと行こうと思っても、どうやってそこへと戻って行けるのかわからない。

私はモースル[19]の園を夢見る。そこは薔薇でいっぱいだと耳にしたことがある。ニーシャープール[20]の園はウマル[21]が、白州の園はハーフィズが歌った。私たちはニーシャープールの園を見ることは決してないだろう。

だが私はビスクラ[22]にあるウァルディの園は知っている。子供たちがそこで山羊を守っている。チュニスでは、庭園と呼べるものは墓地しかない。アルジェリアでのエセーの庭園（そこにはあらゆる種類のヤシがある）では、かつて見たこともない果実を食べた。そしてブリダも！

ナタナエル、君にはどう聞かせたらいいだろう？

ああ、サヘル[23]の草は柔和だ。そしてそこのオレンジの花、そこの木陰！そこの庭の馥郁とした香り。ブリダ！ブリダ！小さき薔薇！冬の始まりだった頃、私はお前を不当に評価していた。君の聖なる森における木の葉は春になっても新しく変わることのないものばかりだ。君の藤も、蔓も、火へと投げ込まれる葡萄の若枝のようだ。山からの雪が君の側へと降り注いでいく。私は部屋にいても身を温めることができなかったが、君の雨が注がれる庭だとましてや寒いことだろう。私はフィヒテの『知識学』[24]を読んでいたが、どうにも宗教的な感覚を抱いてしまうものだった。穏やかで快適な心境だった。己の悲しみに身を委ねると兼ねてから私は思っていて、そのように忍従することにより私は徳を完遂しようと努めた。今、私はサンダルの裏にある埃を振り落とした。風がその埃をどこへと運び去っていくなんてわかるものだろうか？預言者のように私が彷徨した砂漠の砂塵。あまりに乾燥したために、ボロボロに崩れた小石。その小石が私の足に触れ焼けそうなくらい熱かった（というのも太陽がそれを灼熱に熱したからだ）。

17　La Haye: ノルマンディー地域圏にあるコミューンを指すと思われる。同名がつく地名がコミューン内部にあり、このいずれかを指すものと推定される。また、中部フランスにもこの名を関する地名があり（La Haye-en-Touraine）、そちらはデカルトの出身地として知られている。

18　Avranches: フランスノルマンディー地域圏の都市。モン・サン・ミシェルを見下ろす丘の上に立っている。

19　الموصل: イラク北部の中心都市。石油の産地であり、ニネヴェの遺跡があることでも著名である。

20　نیشابور: イラン北東部の都市。ササン朝のシャープール一世によって作られ、シルクロードにあることから交通の要衝として栄えた。

21　عمر خیام (1048-1131): 十一世紀セルジュータ朝期ペルシアの詩人。ニーシャープール出身で、イラン・イスラーム文化を代表する詩人。詩集『ルバイヤート』で著名。

22　Biskra: アルジェリア北部の都市。ローマ帝国時代にはすでにウェスクラの名で都市が立てられた。

23　Sahel: サハラ砂漠南縁部のこと。

24　フィヒテには「知識学」（Wissenschaftslehre）に関する著作がいくつかあり、そのうちの一つと想定される。原文では Doctrine de la Science 表記。

サヘルの草地で、今私は自分の足を休めている！私たちの言葉が全て、愛であったならいいのに！
ブリダ！ブリダ！サヘルの花よ！華奢なる薔薇よ！私は木の葉と花でいっぱいの生暖かく馥郁とした香りを放つ君を見た。冬の雪は逃げ去った。君の聖なる庭には君の白いモスクが神秘的な光を放ち、蔓が花の下まで伸びていた。オリーヴはフジを生み出す花輪に隠れていた。甘ったるい空気がオレンジの花から漂ってくる香りを運び、か細いマンダリンもまた馥郁とした香りを放っている。それらの枝の中で最も高く伸びている枝から、脱皮したユーカリの樹がその皮を地面に落としていた。オリーヴが脱皮し続けた結果すり減ってしまったその皮は、垂れ下がっていた。それはあたかも太陽によって不要になった衣服のようであり、また、冬にしか役に立たぬような私の古びた道徳のようでもあった。

ブリダ。

ウイキョウの巨大な茎（黄金の光の下、あるいは不動のユーカリに咲く青い木の葉の下、緑がかった黄金の花が燦然と開花している）がこの初夏の朝、サヘルへの途上で見たそれはこの世にまたとないくらいに素晴らしい様子だった。
そして揺らめくユーカリ、動かぬユーカリ。

あらゆるものは自然と連関する。それなしですますことはできない。魅惑する物理法則。夜に駆け出す列車、朝ではそれは露に濡れている。

甲板にて。

船室での円窓、閉ざされた舷窓、どれほどの夜を――どれほどの夜を私は寝台から君の方へと目を向けただろう、こう言いながら「この船孔が白ばむころには夜が明けるだろう。その時に私は身を起こして、船酔いを振り落としてやろう。そして夜明けが海を洗うだろう。そして私たちは見知らぬ土地へと上がるだろう。夜明けが到来したが、海は変わらず穏やかだ。大地はやはりまだ遠くにあり、ざわめく水面上で私は自分の考えでいっぱいだった。

全身にある船酔い。あの揺れ動いている鐘楼に自分の思考を引っ掛けようか？そう私は考えた。涙、私の見るものは夕暮れの風があげる飛沫だけであろうか？私は自分の愛をその波へと蒔いた。そして波浪の不毛なる平野に私の思想を蒔いた。私の愛は止むことなく変わらぬ波浪の中へと沈んでいった。そして波が過ぎ去っていき、もはやこの目では見分けがつかなくなる。形定かではなく、常に揺れ動く海。人々の雑踏から離れ、お前の波は無言に語らぬ。その波の流動に逆らうものはいない。沈黙しているゆえに、その言葉を聞けるものはいない。非常に脆弱な小艇に波浪はすでに衝突していて、荒れ狂う暴風を思わせるほどの音を轟かせている。怒濤の波が押し寄せ、いかなる音も立てることなく別の波が続いてくる。波には波が続き、同じような飛沫を各々あげ、位置も変えることはない。ただ変わるのは形のみ。波に水がさらに加わったと思えば、離れていく。そして波と離れた水がまた加わることは決してない。全ての形はほんの一時だけ同じであるに過ぎぬ。各々の姿を通して、形は存続し、残して去る。我が魂！いかなる思想にも癒着してはならない。どの思想もお前を吹き上げる風に投げ込んでしまうが良い。天にまでそんな思想を持っていく必要もない。

波の挙動、お前こそが私の思想をこうまで揺り動かしたのだ！お前は波の上には何も築かない。お前に築こうとするあらゆる礎からお前は逃げてしまう。

この絶望的とも言える漂流、あちこちへと流れる漂流、その後に静かで安らぐような港へとたどり着くのだろうか？螺旋の灯台の側にある突き出た土手で、私の魂はそこでようやく安寧に至り、海を眺めることが適うだろうか。

第四書

I

ある庭で——フィレンツェの丘の上で（フィエーゾレの向かい側に築かれている）——その夕暮れ時に、私たちはそこにいた。

だが君たちは知らないだろう、知れたことなんてあり得ない、アンゲール、イディエ、ティティルよ、我が青春を掻き立てた情念を、とメナルクが言った（そしてこれを私の名前でもう一度君に伝えるよ、ナタナエル）。私は時間が走り去っていくのを感じて苛立った。取捨選択しなければならぬ必要性がいつも私には我慢ならないものであった。選択するというのは私にとってはそれをこの手で掴むというよりも、選ばなかった方を押し退けるものと思われた。私は時間の狭苦しさと、時間というものは一つの次元に過ぎないことを悟り驚いた。それは広々としたものであってくれと願った一本の線であり、私の幾多もの欲望はそこを駆け抜けていくのだが、必然的に各々の欲望が互いに確執してしまう。私はあれかこれかしか決してなかった。もしあれをするのならば、これの方をできないことをすぐに惜しんでしまうような思いに駆られた。そして両腕を伸ばして取ろうとしても、結局一つしか取れないのだという恐れを抱いてしまい、結局何もせずに取り乱したように佇むばかりであった。私の人生における過ちはいかなる学びも長期にわたって続けなかったことだ。というのも一つの学びに従事すれば他の学びは全て断念しなければならなかったからだ。何であれ、それは正当な値段よりも高い値段で買われてしまい、そして理性の働きでは決して私の苦悩を解消させることはできなかった。ほんの僅かな金額だけ手元にもち（誰のおかげか？）、快楽の市場へと踏み入れていく。金を手元に！選ぶというのは、それは他の全てを断念することであり、永久に断念することであり、何であれ他のものが多数まだあるということは、何であれそれ一つしかないことに比べればましなものだ。

それにこの世に何であれ所有することは私にとっては嫌悪を抱かせるものだ。あれ一つしか「所有」できないということに思いを馳せればすぐに私は不安に駆られてしまうのだ。

商品！食糧！山のような掘り出し物！なぜ君たちはすぐに身を投げ出さないのか？そして私は地上の富はいずれ尽きてしまうことを知っている（たとえ、それらが無尽蔵に補われるとしても）。そして私が空に飲み干した盃は君にとっても空のままなのだ（たとえ泉が近くにあったとしてもだ)、我が兄弟。だが君たち、形状なき観念たち！　囚われぬ自由奔放な生の形態、学問、神の知識、真理の杯、尽きることなき杯、一体どうして君たちは私たちの口へと流れ込んでくることを躊躇するのか？　私たちの渇きのどれもが君たちを涸らしてしまうほどに激しいわけではない。そして君たちの水は私たちの口へと注がれても絶えず新鮮に湧き出ていっぱいなのに。――この豊穣で神聖な泉から流れる滴は、そのどれもが等しい価値を持つことを今や私は知ったのだ。そしてほんの小さな一滴でも私たちを陶酔させるのに十分であり、神の豊かさと全体性を啓示するだけでも十分であることもやはり私は知ったのだ。だが狂気にも駆られていたその時の私は、願わないものはあったか？私は生のあらゆる形態を欲した。他の誰かによって紡がれる生を見た私は、それら全てを自分でも紡ぎたいと思ったのだ。達成するのではなくただやりたかった、私のいうことをどうか理解してほしい。というのも私は疲労の苦しみによっても尻込みすることはほとんどなかったのであり、むしろそこから人生の学識を見出せると信じていたからだ。私はパルメニデスがトルコ語に通じていたことに関して、三週間嫉妬していた。さらにそれから二ヶ月すると、今度は天文学を発見したテオドシウスに嫉妬を覚えた。そして私は最も曖昧として最も不確かでしかない自分の像を線描したのであった、それに限界を設けるようなことは決してしたくなかったのだから。

――君の人生について話してくれないかメナルク、とアルシィドが言った。

――そしてメナルクが答えた。

「……十八歳になり私が初歩的な学問を終えると、私の精神は勤勉で疲労してしまい、心も懶惰になり、生きるのも物憂げになり、肉体も拘束されることに激しく苛立っていた。そして私はあてもなく放浪に焦がれて旅に出かけた。私は君たちの知っているものを全て見た。春、大地の匂い、平野に生い茂っている草、朝に川に立ち込める霧、そして黄昏時の牧草地での靄。私は町を多数通り過ぎていって、そのどこでも足を止めたいと思わなかった。この地上において何にも執着することはなく、永遠なる情熱を以て絶えず流動していくものを歩いていくことこそ幸福なのだ、と私は考えた。家庭、家族、人が憩いを見出すあらゆる場所を私は嫌悪した。また、変わらぬ愛情、恋の誠実さ、そして思想への執着等、正義を棄損させるような全てをやはり私は嫌悪した。私は新しきものに対しては全て、心を完全に開くことを言った」

多数の書物が自由とは全て儚いものに過ぎぬのであり、結局は自分が隷属するものを選ぶか、あるいは少なくとも献身するものを選ぶかになることを教えてくれた。ちょうどアザミの種が己を植えるための肥沃な大地を見つけるために飛び回るように。そしてそれは不動になった時だけ、萌芽するのだ。だが学校では理論というものは人間たちを導くものではなく、どの理論も反証することが可能でありその反証こそ見出すべきなのだということを学んでしまった私は、長い道のりの途上でもそれを見出すことに心奪われることもあった。

未来であればそれがいかなるものでも、私は絶えず期待を胸にそれを待ち構えるように生きていた。ちょうど答えがあらかじめ用意されている質問のように、各々の快楽の前にはそれを渇望するという喜びが湧き出るものであり、快楽を享受するより前に味わうのだということを理解したのだ。私の幸福は私に渇きを教えてくれるような泉に起因するものであり、そして水のない砂漠で渇きが抑えきれない状態にある時、燦然と日を照らす太陽の下での情熱を享受することを好む。夕方になると、一日中待ち焦がれていたため一層瑞々しく思える極上のオアシスがあった。広がる砂地に立って、我が身にのし掛かってくるような日の光に照らされ、大いなる眠りに入ってしまうような状態にあった――だが暑さは相当苛烈であり震える空気の中にいた――それでも私は生の躍動を感じ取ることができ、決して眠りにつくことがなかった。やがて気を失うように身が震え、愛にいっぱいになりつつ倒れ込んだ。

毎日毎時、私はただ自然のより飾り気ない浸透だけを探し求めていた。私は自分自身によって妨げにならないくらいにとても貴重な授けものを持っていた。私の過去の思い出も、私の生を単一化させるのに必要なもの以外は、私に働きかけるだけの力はなかった。それはテーゼを己が愛する過去と結びつけるが、それまでとは全く違う新たな場所を歩いていくことに何ら障害をもたらさなかった神秘的な糸のようであった。それでもやはりその糸も断ち切られなければならなかった。素晴らしき再誕！私は朝の途上で、自分が新たに生まれたという想い、感性の柔軟さを感じることも度々あった。

――「詩人からの授かりものよ、それは永遠に続く出会いという授かりものだ」と私は叫んだ。そして私は感覚が捉えるあらゆるものに心を開いて受け入れた。私の魂は交差点で開かれている宿屋であった。入りたいと思った者は入ることができた。私は柔和になり、愛想よくなり、全ての感覚を解放し、注意深くなり、個人的な考えを持たなくなるくらいに耳を傾けるようになり、束の間のあらゆる情念と、抗議しないというよりは何も悪いものとして受け取ろうとはしないほどの小さな反応しかできない囚われた身になった。そのうえ、私の美に対する愛着と醜に対する嫌悪がどれほど無関係なのかということにも気づいたのだった。

私は疲労を嫌った。というのもそれは懶惰から生まれることを知っていたからだ。さらに、人々が事物の多様性をあてにしていると私は思っていた。私はどんな場所でも構わずに身を憩った。平原で眠ったこともあれば、畑で眠ったこともある。麦の大きな束から曙光がゆらめくのを見た。そしてブナの木に、カラスが目を覚ますのも見た。朝に、私は草叢の中で身を浴し、朝が私の濡れた衣服を乾かした。囀りの中で帰りゆく豊穣な収穫、そして重たい荷車に繋がれた牛たちを見たその日よりも、田園の美しさを醸した日があるなんて誰が言えよう！

私の喜びが大きくなっていき、それを誰かに伝えたくて、喜びがこれほどまでに私を活き活きとさせたかを誰かに教えたくて堪らない時もあった。

夕暮れになると見知らぬ町で、昼ではバラバラになっていた家族がまた結集して団欒する様を見ていた。父が仕事でくたくたになって帰宅した。子供たちは学校から帰ってきた。家のドアは少しの間、光と熱と微笑みを迎え入れるために半開きになっていたが、夜になれば再度閉められた。放浪するような者は全て中に入ることは許されず、風は戸外でただ吹き唸るばかりであった。――家族、私はお前たちを嫌う！閉鎖した家庭、閉ざされたドア、嫉妬を沸かせるような幸福の領有。時折、暗闇の中、私は窓ガラスにもたれたままの状態で長い時間ある家の風習を眺めていた。父がランプの傍にいた。母は縫い物をしていた。祖父母のための場所には誰もいなかった。子供は父の傍で勉強していた。――そして私の心はその子供を一緒に旅へと連れ出したいという気持ちでいっぱいになった。

翌日、子供がまた学校から出てくるところを私は再度見た。翌々日私は彼に話しかけた。四日すると彼は全てを放棄して私についてくるようになった。私は平原の素晴らしい光景の前で彼の両目を開けさせた。彼はその平原が自分のために開放されているのだということに気づいた。私は彼の魂がより放浪的になり、――そしてより楽しいものとなり、私と別れた後でさえも自らの孤独を好む術を教えた。

私は一人、自尊心の激しい喜びを味わった。夜明け前に起床することを私は好んだ。切り株の上で私は太陽を呼んだ。雲雀の囀りが私の陶酔であり、露が私の朝の化粧水であった。私は朴訥な食事を自発的にとり、ほんの少ししか食べなかったため頭は軽く、私の中に流れるあらゆる情念が一種の陶酔に変容した。それから更に私は葡萄酒をたっぷりと飲むようになったが、太陽が昇ってから束ねられた干草の窪みで眠りに入るまで、この断食の目眩や眩い朝で揺蕩う平原を感じさせるものはなかった。

私が持ち運んでいたパンは、半ば失神した状態になるまで食べずにそのままにしていた。すると自然が私とは異質な存在であるとだんだん思わなくなり、私の中により染み込んでくるのを感じた。それは外界の奔流であった。私の外へと解放された感覚器官全てによって、その存在を迎え入れた。私の内に入ってきたそれらは全て、招き入れられたものであった。

私の魂はついに抒情性が充溢し、孤独に掻き立てられ、夕方になると私は困憊してしまった。私は自尊心により己を支えたが、昨年私の気質のあまりに暴力的な性質のものを除いて分け与えてくれたイレールのことを懐かしく思った。

夕暮れに、彼と語ったものだった。彼は詩人とも呼べる存在であった。彼はあらゆる和声に精通していた。自然のもたらす各々の作用は私たちにとって、その原因まで読み取れるほどにわかりやすい言語と化していた。私たちは羽音によって昆虫を、囀りによって鳥を、砂の上の足跡で女性の美しさを認識する術を掴んだ。彼にも冒険への渇望が染み込んでいた。その力が彼を大胆不敵にした。青春の心よ、お前はいかなる光栄として価値を持つことはあるまい！恍惚を以て全てを熱望し、その望みを堰き止めようと私たちがしてももはや徒労に終わるだけであった。私たちの思考は全て情熱であったのだ。感じるということは、私たちにとって異様な苛烈さを伴っていた。私たちは自分の絢爛な青春を摩耗してしまった。そして素晴らしい未来に期待を寄せ、そしてそれへと続く道は決して無限であるとは思わなかった。その道のりを私たちは大股で歩いていき、垣根に咲く花を齧り、その口を蜜のような水と美味な苦さに満たしつつ進んでいった。

時々、再度パリへと足を踏み入れ、私が勤勉に過ごした少年時代の住処を数日間あるいは数時間過ごした。そこはただ沈黙だけが漂っていた。留守番をしていた女中によって家具の上に布がかぶせられていた。彼女は手にランプを持っていた。長年にも渡って閉められた鎧戸を開けることも防臭剤がたくさんかけられたカーテンを上げることもなく、私は部屋から部屋を渡り歩いた。空気は重く、臭いが立ち込めていた。私の部屋だけはまだ手入れがされていた。書斎は家の中でも最も静かで暗い様相を呈していて、本棚や机上にある多数の本が、かつて私が配置したそのままの状態にあった。時々そのうちの一冊を私は開き、日中ではあったが火のついていたランプの傍で読んで、時間を忘れることに幸福を覚えた。あるいはグランド・ピアノの蓋を開き、記憶を辿りつつ古き歌曲の拍子をとることも時々あった。だがどうにも完全に思い出すことはできず、むしろ私の心は悲しくなる一方で、結局弾くのをやめた。翌日、私は再びパリから離れた。

私の心は生まれつき愛想の良いものであり、液体の如く四方八方へと広がっていった。いかなる喜びも私自身だけに属しているものとは思えなかった。私は出会う人各々を喜びに招き入れ、そして私が一人で喜んでいると、それはただ自尊心に起因するに過ぎなかった。

ある種の人々は私がエゴイスティックだと責めた。私は彼らの馬鹿さ加減に責め返した。私は特定の誰か、男でも女でも愛することはないが、友情、愛情、慈愛を愛すると強く思っていた。それを誰か一人に与えても、他の誰かから取り上げようとはせず、ただ私が拵えたものだけを与えた。そして自分以外のいかなる人の肉体も心も私は支配しようとはしなかった。自然へと向かってこの地上を放浪するように、自分が足を止めることはどこであれ決してなかった。あらゆる偏向は私にとって正しさに反するものに思えた。どの人の傍にも留まりたいと思い、決して自分を誰か特定の個人に委ねることはなかった。

　各々の町の思い出に、私はそれぞれに放蕩の思いを結びつけた。ヴェネツィアでは仮面舞踏会に参加した。ヴィオラとフルートが調べを奏でる小船の上で、私は恋の味を嗜んだ。その小舟には別の小舟が続き、そこには若い男女がたくさん乗っていた。私たちは夜明けを迎えるためにリード[25]へと向かったが、実際に太陽が昇った時はもう疲れて眠りに入ってしまっていた。というのも音楽が鳴り止んでしまっていたからだ。とはいえこれら偽りの悦びの享受をしたことも、今ではその疲労したことまでも懐かしく思い返す。そして目が覚めた時の目眩も、これによって享受していた感覚が全て萎れてしまうのだが、また惜しんだのであった。――別の港では、私は大きな船舶の水夫たちと一緒に街へと出掛けていった。薄暗い裏路地へと降りていった。そうしながらも、私たちを唯一蠱惑させる、経験への欲求が私の内部にあることを責めた。それで私は水夫たちをいかがわしいキャバレーに残したまま、平穏な港へと戻り、そこでは異様で悲しみをそそるような裏路地のざわめきが恍惚へと変容していく思い出に基づいて、静かな夜の性状が醸し出されていた。私は平野に見出されるような貴重なものの方を好む。

　だが二十五歳の時に、旅に疲れたというのではないが、この放浪の生を送ることにより心の中で自尊心が育まれていき、やがて過剰なものとなったので、私の生に新たな様式を送るだけの成長をしたと私は理解するようになった。

どうして？どうして、と私は彼らに言った、私はまだ旅へと赴かなければならないのか。私はあらゆる道の縁に、新たな花が開花していることを知っている。だがその花が今待ち望んでいるのは私ではなく君たちなのだ。ミツバチが花に採餌するのはほんの一時のことだ。それが終われば彼らは経理係になってしまうのだ。――私はそのまま棄てるようにして去っていった住処に再度戻った。家具にかけていた布を取り払った。窓を開けた。そして放浪者でありながらも貯金を嫌々ながらも取り出して、貴重品や割れ物、珍しい花瓶や書物、特に絵画に私が通じていたゆえにとても安く手に入れることができた絵画等、それらをできる限り収集して私の周りを囲ませた。十五年もの間、私は守銭奴のように金を溜め込んだ。私は懸命に努力して裕福になった。学問に励んだ。今ではもう絶えた言語を学んだし、その言語で多数の本を読むことができた。いくつもの楽器も演奏できるようになった。毎日毎時間、実り多い学問に時間を注いだ。歴史と生物学に特に私は没頭した。私は文学についても造詣を深めた。私の寛大な心と正当な貴族家系により失われずに済んだ友情を集めた。その友情こそが他の何よりも最も価値のあるものだったが、それにすらも私はとくに執着することはなかった。

25　Lido di Venezia: ヴェネツィアの南に浮かぶ細長い島。原文では Lido 表記。

五十歳になり時が来た。私は全てを売り払い、私の趣味嗜好は十分に洗練され各々の対象物に十分な知識を得たことで、価値が高くなっていかないようなものは何一つ所有するようなことはなかった。二日もすれば私は相当な財産を築き上げた。私は今後ずっと金に困らないようにその築いた財産を全て投資した。私は全てをすっかり売り払ってしまい、この地上で個人に属するものを見たくなかった。昔の思い出すらも、だ。

私は平野までついてきたミルティルに言った。「今朝はなんと心地よいものだろう、この靄、この光、この瑞々しい空気、君の生命の躍動、君がそこに君という全てを委ねることができたら、この情感はもっと心地よいものとなるだろう。君はそういう心情にあると信じているが、君の内の最も優れた部分はまだ閉ざされたままだ。君の妻、君の子供たち、君の書物、君の学問が君のそれを閉じ込めさせるのであり、君から神を遠ざけてしまうのだ」

「この貴重な瞬間において、生命の力強く、完全で、直接的な魅惑を味わえると思っているのか――感動ではないものを忘却することなく?君の思考の習慣が君の邪魔になっている。君は過去に生き未来に生きるが、何一つ感じ取ることはない。ミルティル、私たちは人生のインスタスト写真以外の何ものでもない。所詮どんな過去も来るものが生まれる前に死に去ってしまうものだ。瞬間!ミルティル、その存在がいかなる力か君にもわかるだろうに!私たちの生の各々の瞬間のどれもが必然的に取り替えのきかぬものなのだから。そこにひたすらに専心するべきことを理解するが良い。もし君が望むのなら、もし君が理解するのなら、ミルティル、この瞬間に君の妻も子供たちももはやいなく、地上で神の前にただ一人眼前に臨むことを。だが君は彼らを思い起こし、彼らを携える。あたかも君の全ての思い出、君の全ての愛、地上において気にかかるもの全てを喪失することを恐れるように。私にとっては、私の抱くあらゆる愛はあらゆる瞬間刹那を、そして新たな思いもよらぬ出来事を待ち受けている。そのことを私は絶えず念頭に入れてはいるが、決して認めることはない。ミルティル、君は神がとる全ての形態に注意を向けていない。ただ一つの形態だけを注視しすぎ、それに耽溺してしまい、盲目になってしまっている。君の固定されてしまった崇拝する心を思うと私は悲痛な気持ちになる。それがもっと色々に散らばってくれればと私は思う。全て閉ざされた扉の後ろに、神は在る。神のあらゆる形態は愛されるに値するものであり、あらゆるものは神の形態なのだ」

……私が築いた財産を携えて、まず船を一艘借りて、三人の友人と数人の乗組員と四人の水夫を連れて私は海へと船を走らせた。彼らの中で一番美しくない者に私は惚れ込んだ。だが彼の優しい愛撫よりもなお、私は大波に思いを馳せることを好んだ。夕暮れに、私は物語のような非現実的な港へと入り、一晩中愛を求めた後に曙光が差し込んでくる前にその港を後にした。ヴェネツィアでは一人の類まれなる美貌の高級娼婦と知り合った。私は彼女と三日間夜に愛しあった。彼女はあまりにも美しく他の恋の愉悦を忘れてしまう程だったからだ。私は彼女に船を売ってしまった。いや与えてしまったと言った方が正しいかもしれない。

私は数ヶ月間、コモ湖[26]にある宮殿で過ごした。そこでは極上なくらいに甘美な調べを紡ぐ音楽家たちが集っていた。私もそこで慎み深く会話が巧みな美女たちを呼び集めた。夕暮れ時に音楽家たちの奏でる調べに魅了されつつ、私たちは喋りあった。そして大理石の階段を降りて、その最下段は水に浸かっていた、漂う小舟の中に入っていき、櫂の穏やかなリズムに浸かりながら私たちの恋を眠らせた。微睡んだまま宮殿へと戻ったこともあった。係留されている小舟で突然私は目が覚めて、イドアーヌが私の腕に寄りかかったまま石段を無言のまま昇っていった。

その一年後に、私は海辺からそれほど遠くはないヴァンデ[27]の広々とした庭園にいた。三人の詩人が、私が彼らを住処に迎えいれて接待したことに関して歌い上げた。彼らは魚や植物のいる池や、ポプラの並ぶ通りや、孤独にたっている槲や束になっていたトネリコ、そして公園の均整さについても語った。秋が到来すると、私は大きな木を切り倒してしまい、自分の住処を荒涼としたものに変化させた。私は草を生い茂るにまかせておき、その土地の多数の人々が逍遥したその草道の庭園について語る者はもう誰もいないだろう。その道の端から端まで、木樵たちの斧の打撃の男が聞こえてきた。通りにある枝に彼らの衣裳が架けられてあった。切り倒された木々の上に広がっている秋の様相は素晴らしいものであった。この景色の壮麗さと言ったら、それから長い月日が経過してもそれ以外のことは考えられない程だった。そしてここで私は自分の老いた身を認めたのであった。

それ以来、私は高く聳えるアルプスの山荘に住むようになった。それはオレンジのような甘酸っぱい味のするレモンが咲くチタ・ヴェキアの森の香りの麓にある、マルタの白い宮殿であった。ダルマチアをあちこち当て所なく走り回る馬車。そしてそこの庭は現在、フィエーゾレに面しているフィレンツェの丘の上にある。そこへと君たちを今晩呼び集めたのですよ。

私の幸福は今まで体験してきた様々な出来事に負っていると私にあまり言わないでくれ給え。確かにそれらの出来事も私にとって好都合であったといえばそうだが、そこから何か役立つことを引き出すようなことはしなかった。私の幸福が私の富により築かれたものだとは思わないでくれ給え。地上の何ものにも執着しなかった私の心は貧しいままだ。そして私はいとも容易く死に入ることだろう。私の幸福は情熱によって形成されたものだ。万物を分け隔てることなく通り過ぎ、私は気が狂うほどに愛したのだ。

---

26 Lago di Como: イタリア北部の湖。原文では le lac de Côme 表記。ヨーロッパにおける著名な避暑地であり、カエサルも訪れたと記録に残っている。

27 Vendée: フランス中部の県。名称の由来は県を流れるヴァンデ川から。古代以来の長い歴史を誇る。

Ⅱ

私たちがいた巨大な露台（螺旋の階段がそこへと続いていた）から街全体を見渡すことができ、深く生い茂った葉群の上に聳え、係留された巨大な船舶のように思えた。そしてそれは町へと前進していくようにも思えることが時々あった。この架空の船の高い甲板の上に、この夏、街の喧騒に揉まれた後に夕暮れ時の瞑想的な安らぎを求めるために上った。あらゆる雑踏のざわめきは上っていくにつれて静まっていった。それは波が打ち寄せてはここで砕けるような具合であった。波はなおも打ち寄せてきて、大きな波を形成して高まっていき、船に打撃をくらわすように打ち広がった。だが私はその波よりもさらに高いところにまで上がり、そこでは荒い波も及ばなかったのだ。露台の先端部では、聞こえてくるものといったら木の葉のざわめきと夜の狂乱な呼び声くらいであった。

まだ熟していないコナラと大きな月桂樹が、整然としていた並木道に植えられていて、露台と共に空の果てまで続いていた。円形の欄干は、時々上に突き出ている時があり（それでもなお続いていたが）あたかも青空のバルコニーを形成しているようだった。そこへと行って私は座り込み、自分の思考へと酔いしれていった。私はそこで航海しているような気分にあった。

町の反対側から伸びる暗い丘の上で、空は黄金色に輝いていた。私のいた露台から伸びていた軽やかな枝が、壮麗な日没の光景の方へと向かっていた。いや、木の葉の殆どない夜の方へと身を投じていたと言うべきか。町からは煙のようなものが上っていた。それは光を受け波打っている埃であり、光輝くその場所から少しだけ舞い上がっていた。そして時折、このあまりに蒸し暑い夜の恍惚の中、どこからかは分からないが狼煙がまるで自発的に昇るように上げられた。狼煙が上げられたら、空間に轟く叫びが続き、震え、回り、神秘的に顕在を表す音を立てつつ、崩れるようにして落ちていった。私が特に愛したのが、蒼白がかった黄金の煌めきがとてもゆっくり落ちて、とても無造作に散らばっていった様であり、それを見た後だと星々というのは神秘的なものであり、それらもまたこのように突然に夢幻のようなものから生まれ出たものであり、煌めく光を星が放った後でもずっとそのままで動かないのを見ると、驚いてしまう……。そして徐々に、各々の星が星座として繋がっていることに気づき始める――こうして恍惚はいつまでも続いていく。

「出来事が、私にとってはとても認められないやり方で私をいいように操った」とジョゼフは言った。

「仕方ないですね」とメナルクは言った。「無いものが有るようになるのは、やはりあり得ない、という方が私には好ましい」

Ⅲ

そしてその夜、彼らは果実の歌を歌った。メナルクの前に、アルシィドと他数人が集まり、その中でイラスが歌った。

柘榴のロンド

柘榴の種子が三粒あれば
プロセルピナを思い出させるには十分だ

君たちは未だ長きに渡って魂にもたらすことを不可能な幸福を求めていることだろう。
肉の喜びと官能の喜び
これらにおいて人々は君たちを好き放題に咎める
肉と官能の苦い喜び
そのことで人々は君たちを咎めても、私は敢えて咎めはしない
——確かに、ディディエ、熱心な哲学者よ、私は君に敬意を払う。もし君の思想が他のどの

ことよりも君の精神に喜びをもたらすものと信じているのならば。だが全ての人間にそのような愛が精神において紡がれるのでは無い。

確かに、私としても君たちを愛している
私の魂の死への戦慄、心の歓喜、
精神の歓喜─
だが私が歌うのは、愉悦、君なのだ

肉の喜び
草のように柔和で
垣根の花のように魅惑を孕み
牧場のよりも早く、触れれば散る悲しきシモツケグサよりも早く
萎れてしまい刈り取られていく存在

視覚──私たちの感覚の中で最も哀しきもの……
私たちが触れること叶わない一切のものは哀しきもの
私たちの眼で欲しがるものを手が掴むよりも速く

精神は容易く思想を掴み取る
ああ！君の欲するものは君の手で触れることができるのなら、ナタナエル
そしてより完全な所有を求めようとしてはならない
私の官能の最も甘美な喜びは満たされた渇きであった

確かに平野の夜明けの靄はとても心地よいものだ
そしてその太陽もまた
素足を濡れた大地におくのも心地よい
そして海に湿らされた砂もまた
泉の水で身を浴するのも心地よい
陰の中、私の唇が触れた見知らぬ唇への接吻……
だが果実、果実は、ナタナエル、なんというべきだろう？
ああ！君がそれらの果実を知らなかったということは、ナタナエル
それは私を落胆させるものだ
その果肉は繊細で果汁たっぷりで
血のついた肉のような味であった
傷口から流れ出る血のように赤かった

その果実さえあれば、いかなる渇きも必要なかった
人々はそれを金の籠に入れて差し出した
最初口にした時の味は、今までに無いくらいに不味く、最初は吐き気を催したくらいだった
それは地上におけるどの果物とも別のもののように思われた
それは完熟したグアバの味を思い起こさせた
そして果肉はもう味が褪せているようだった
食べ終わった後も、口の中に苦味を残したままだった
その苦味は、別の果物を新たに食さない限りはなくならなかった
やがてようやく美味しい味が感じられたのは
果汁を味わいはじめてからだった
さっきの果物の吐き気を催すくらいにまずかった味の後だったから
この果汁を味わう瞬間がより楽しいものと思えた
籠は間もなく空になった
そして最後の果物は私たちの元に残しておいた
分け与えることもなく
ああ！私たちの唇に残った味を誰が伝えてくれるだろう
あの苦々しく焼けるような味を？

いかなる水もそれを流してしまうことはできない
それらの果物を求める欲求が私たちの魂の奥まで苦しめた
三日間、市場でそれらの果物を探し回った
だがその季節はもう終わっていた
私たちの旅路で、ナタナエル、どこで見つけるというのだろう
他の欲望を与えてくれるような新たな果実を？

＊

露台の上で食べていた果実がある。海と沈みゆく太陽の面した露台で。
氷に浸していた果実
そこに少しばかりリキュールを混ぜた砂糖も漬け

木の上から摘んできたもの
壁に囲われた立入禁止のはずの庭から
そして夏の季節に木陰でそれを食した
人々は小さな食卓をいくつか設置するだろう

果実が私たちの四方八方に落ちてくるだろう
そして枝を揺さぶると
そこでぐったりしていた蝿たちが飛び交うだろう
果実がどんどん落ちてきて、人々はそれらを椀の中へと拾うだろう
その香りだけでも私たちを魅了するには十分なのだ

殻が唇を傷つけてしまい、とても渇いてなければ食べられないような果実がある
砂の途上でそのような果実を見つけた
それらは刺々しい木の葉を通して輝きを放っていた
そしてそれを取ろうとすると私たちの手に傷を負ってしまった
私たちの渇きはその果実ではそれほど癒されはしなかった

ジャムを精製することのできる果実がある
太陽でその果実を焦がすだけで
冬であるのに酸味がなくならない果肉がある
それらを齧ると歯が痛くなった

夏であるのに冷たいままの果肉がある
筵の上で身を屈めてそれを人々は食べるのだ
小さな居酒屋の奥で
思い出すだけで渇きをもたらすような果実がある
その果実をもう見つけることができなかった時に

＊

ナタナエル、君に柘榴の話をしてもいいだろうか？
それは東方の市場で、幾らかのスーで売られているのだ
崩れていた葦の簀子の上に乗っけられて
それが埃に塗れて転がっていき
そして裸の子供たちがそれを拾い集めるのが見える
その汁はまだ熟せぬ苺のように酸っぱい
その花は蝋で出来たかのよう
そして実と同じ色をしている
保護された宝、巣箱に仕切られている

味が彩り豊かで
五角形の建築物
殻がひび割れ、粒が落ちてくる
紺碧の杯の中にある血の色をした粒
そして他は、エナメルの銅製の皿に乗せられた黄金色の雫

シミアヌ、ここでイチジクを歌え
その愛は隠されているものだから

私はイチジクを歌う、と彼女は言う
そこに美しき愛が隠されている、その開花は外には出ぬ
婚姻を祝う仕切られた部屋
いかなる香りも外へは表出せぬ
何一つ発散させぬ故
香りは全て滋味と風味になる
美なき花、悦ばしき果実

果実は花が熟したものだけ

私はイチジクを歌った、と彼女は言った
ここでは、あらゆる花について歌え
――確かに、とヒイラスが言った、まだあらゆる果実については歌っていない
天から与えられし詩人の才分、それはどうでもいいことに感動すること
（果実の実る見込みのない花は私にとってなんら価値がない）
君はプラムの実についてまだ語っていない

垣根に咲く酸っぱいスロープラムの実
冷たい雪がそれを甘くする腐らないと食すことできぬ西洋花梨
枯葉色の栗の実
火の近くで罅入るその殻

――私は山で、雪が降る厳寒のある日ブルーベリーを摘んでいた時のことを思い出す
――私は雪が好きではない、とロテールが言う。それは全く神秘的なもので、まだ大地と一体化していない。私はその風景からいつまでも離れぬような突飛な蒼白さが気に入らない。雪

は冷たく、生を拒否する。雪が生を抱き守ることを私は知っているが、だが生は雪を溶かさなければ生まれ出ないのだ。だから私としては、雪が灰色で不潔で、半ば溶けてしまって草木にとってはほとんど水である方が好ましい。

——雪のことをそんな風に言うもんじゃない、雪だって美しく足り得るのだから、とウルリッヒが言った。雪が過剰な愛によって溶ける時こそ、それは悲しく苦しいのだ。そして君にとっては半分溶けてしまった雪よりも愛の方を好むのだろう?雪は凱歌をあげている時こそ美があるのだ。

これ以上話をするのはやめよう、イラス。ただ私が「もう十分だ」と言うのに対し、君は「残念だ」とは言わない方が良い。

*

そして今宵、私たちの各々がバラードの形式の下で歌った。

ムリベの歌。

名高い恋人のバラード

シュレイカ！君のために私は飲むのをやめた
私に酌された葡萄酒を
それは君のためだった、グラナダのボアブディル[28]
ヘネラリフェのセイヨウキョウチクトウに水を注いだのは
バルキス、君が遠い南の地からやってきて私に謎をかけた時、私はソレイマンだった
タマル、私は君を所有しようとしても出来ずに死にかけている君の兄のアムノンだった
ベトサベ、私の宮殿の露台の最も高き部分まで黄金の鳩を追いかけた時、君が裸の状態で身を浴するために降りていくのを見た。そのために、君の夫を自殺させたダヴィデは私だったのだ
シュラミト、私は君のために歌った、宗教的とさえ思ってしまうような歌を
フォルナリヌ、君の腕に抱かれて恋に泣いたのは私だ

ゾベイド、私は広場へと続く道で朝に出会った奴隷なのだ。私は頭に空の篭を持っていて、君が私と一緒になってシトロンやレモン、キュウリ、色々な香辛料や甘い菓子等でその籠をいっぱいにしてくれた。そして君は私のことが好きで、私が疲れを訴えていたから、二人の姉妹とカレンダーの王子三人を傍に君は私を夜の間世話をしてくれようとした。そしてその場にいる各々が、各自の身の上話を順番に話し聞かせることで時間を過ごすことにした。そして私

の番が回ってくると、「ゾベイド、君に出会うまでは話すことのないつまらない人生を送っていました」と言った。「そして今、話すようなことなんてあるでしょうか?あなたこそが私の生全てではありませんか?」――こう話をしながら語り手は果物を腹一杯に食べた。(私がまだあどけない年齢だった頃、『千夜一夜物語』の中でよく取り上げられた乾いた砂糖漬けを夢見ていたのを思い出す。私はそれ以来、薔薇のエキスを入れた砂糖漬けを食したことがあるが、ある友人の話ではライチから調理したのもあるそうだ)

アリアヌ、私は旅を続けるために君をバッカスの手に委ねた旅人のテセウスだ
麗しきエウリュディケ、君にとって私は、後を追われるのが嫌で振り向いた際のチラッとした眼差しで夫を地獄へと投げ捨てた。オルフェウスだ

不動産のバラード

28 Boabdil (1460?-1527): ナスル朝最後の皇帝。ボアブディルは本名であるアブー・アブドゥッラー・ムハンマド十一世(أبو عبد الله محمد الثاني عشر)のアブー・アブドゥッラーのスペイン語訛り。カスティーリャ王国へ侵攻した際に捕虜となり、グラナダを属国とすることで解放され、最終的に一四九二年にナスル朝は滅亡することとなった。

川の水位が高まると
山の上に避難した人々がいた
ある人はこう思った、泥土が私の畑を肥沃にさせるだろう、と
ある人はこう思った、もう滅茶滅茶だ、と
ある人は何とも思わなかった

川の水位が溢れても、なお木々が見える場所があった
家々の屋根が見える場所もあった
鐘も、壁も、更に遠くに丘が見える場所もあった
何一つ見えない場所もあった

丘の上へと家畜を引き連れて上っていく農夫がいた
幼い子供たちを船に乗せて連れ去っていく人もいた
装飾具、食糧、書類、
更に金になりそうなものを全て運び去っていく人もいた
何一つ運び去っていかない人もいた

曳航する小舟に乗って逃げた人々は
全く知らない土地に目を覚ました
ある人はアメリカで目を覚ました
ある人は中国で目を覚ましたし、ある人はペルーの川で
全く目を覚まさない人もいた

次はグズマンが歌った

病のロンド

ただ結末部だけを述べたい
……ダミエットで、私は熱に冒された
シンガポールで、私の肉体に蒼白色や薄紫色の発疹が現れ出るのを見た
熱帯の土地で、私の歯は全て抜け落ちてしまった
コンゴで、ワニが私の片足を食いちぎってしまった
インドで、私の病弱は慢性化してしまい
私の皮膚は見事なまでの蒼白になり、透明になるくらいだった

私の両眼は感傷してしまうくらいに拡大した

私はある明るい街に住んでいた。そこでは毎晩あらゆる犯罪が行われていたが、港から遠くないところで、いつまでも荷物が積み終わらぬガレー船が波上で揺れ続けていた。朝に、私は街の市長が私に四十人の漕ぎ手を自由に使って良いという許可を出してくれたので、ガレー船のうちの一艘に乗って船出した。三泊四日、私たちは航海した。彼らは私のためにその力をすり減らしてくれた。その一辺倒な疲労が彼らの逞しい精力を眠らせた。彼らはいつまでも波打つ水で櫂を漕ぐことに困憊した。彼らはより美しく夢の世界へと浸り、彼らの過去の思い出は縹渺とした海へと広がっていった。そして私たちは運河が縦横に走る街へと夜に入港した。その街は黄金色、いや灰色か。茶色か黄金色かで、アムステルダムかヴェネツィアか判断できるのだが。

Ⅳ

夕暮れ時、フィレンツェとフィエーゾレとの中間くらいにある、フィエーゾレの丘の麓の庭で、ボッカチオが在命だった頃の時代の、パンフィルとフィアメッタが歌っていたのと同じ庭で――日中はとても日差しが強かったけれど――夜になると闇が辺りを包み、シミアヌ、ティティル、ナタナエル、エレネ、アルシィド、他何人かがそこに集まった。

暑さが厳しかったので露台の上で用意した砂糖菓子の小さいおやつを食べて、その後に小道へと降りていった。そして今、音楽も終わり、泉の側のコナラの茂みの下で暑さを避けるように草の上で横になれる時を待つように月桂樹とコナラの下を漠然と歩き回り、やがて暑い昼間の疲労をたっぷり時間をかけて癒そうとした。

私はある集団から別の集団へと渡り歩いたが、聞こえてくるのはたわいのない話ばかりで、やはり恋愛に関した話題を皆が話した。

――あらゆる快楽は、とエリファスは言った。良いもので味わう必要のあるもの。

――しかし全ての人に全ての快楽というにはいかないね、とチビュルが言った。選ばないと。

向こう側では、フェードルとバシィルに、テランスがしゃべっていた。

——私はカビリアの子供が好きだね。皮膚が黒く、成熟したばかりの完璧な肉体。その女の子はこっちが非常に面食らってしまうくらいに、最も甘ったるくそして最も堕落しているものを快楽に抱き続けているんだ。彼女は私にとって昼の倦怠、夜の愉悦だったね。

シミアヌとイラスは語る。

——何度も食されたいと願うのは小さな果実だね。

イラスは歌った。

——道端で泥棒が持っていそうな小さな果物のように、私たちのことを待っている小さな快楽があり、それがもっと甘ければいいのにと思ってしまうものだ。

泉のほとりにある草の上に私たちは座った。

……鳥の夜の囀りが、彼らの話し声よりも長い刹那、私の心を奪った。そして私がまた耳を澄ますと、イラスはしゃべった。

……私の各々の感覚が各々の欲求を持っていた。私が自分自身の内に立ち帰ろうとした時、給侍や召使が席についているのを見出した。私には座るためのほんの小さな席すらなかったのだ。主席は渇きによって占領されていた。他の渇きたちが上席に座ろうと争っていた。食卓中が喧嘩をしていた。だが彼らは皆私に合意を求めてきた。私は食卓に近づこうとした時、すでに酔っていた彼らは私に対して迫ってきた。彼らは私を家から追い出そうとして、外へと引き摺り出したので、私は彼らのために葡萄を摘みに出かけていった。

欲望！美しき欲望よ、私はお前たちにつぶれた葡萄を持っていこう。もう一度お前たちの大きな盃を満たしてあげよう。だがどうか私を私の家へと戻らせておくれ——そしてもし酔っ払って眠ってしまうのなら、その時は赤紫色のキヅタで私の頭を飾り、私の額にある愁いをキヅタの冠で覆うことができるように。

陶酔が私を支配し、耳を澄ましてもよく聞くことができない。時々、鳥の囀りが止むと夜が沈黙になり、まるで私一人で物思いに耽っているかのようだった。時々、四方八方から声が迸りでて、それには多数の人々の声が混ざっているかのようだった。

私たちもまた、私たちもまた、（と彼女は言った）私たちの魂の嘆かわしい倦怠を知った。欲望が私たちを静かに仕事させることを許さなかった。

——……この夏、私の全ての欲望が渇いていた。

まるでそれらは砂漠を渡り歩いたかのようだった
しかし私は彼らに飲み物を与えなかった
彼らは病のために飲むことができない状態にあるのを知っていたから

（忘却が宿って眠っている葡萄の房があった。ミツバチが食するような葡萄の房があった。
太陽がぐずぐずしているような葡萄の房があった）

ある欲望が私の枕元に一晩中座っていた
夜明けのたびに私はそこにいるのを見出す
一晩中、私のことを見張っていたのだ
私は歩いた。私はその欲望を疲労させようとした
だが疲労させたものといえば私の肉体だけであった

今度はクレオダリイズが歌う。

我が全ての欲望に寄せるロンド

昨夜何を夢見たのか思い出せない
目を覚ました後、私の欲望は全て渇いていた
眠っている内に、どうも砂漠を渡り歩いたようだ

欲望と倦怠の間を私たちの不安が彷徨っていた
欲望！お前は疲れるということを知らないのか？
ああ！ああ！ああ！ああ！過ぎ去ってゆくこの小さな快楽！
――そしてやがてすぐに更に過ぎ去ってゆくだろう！
嗚呼！嗚呼！いかにして自分の苦悩を長引かせるか、私は知っている
だが私の悦びをいかにして飼い慣らすのかは私は知らない

欲望と倦怠の間を私たちの不安が彷徨っていた

そして人類全体がベッドの中で眠りにつくために身体を回らせる病人のように私には思えてならない――彼らは憩いを求めたが眠りすら彼らは見つけられなかった。
私たちの欲望はすでに多数の世界を渡った
だが彼らは満足というものを決して知ることはなかった

そして自然全体も、憩いへの渇きと愉悦への渇きに挟まれながら苦悩している
苦悩のあまり叫び声を私たちは上げた
侘しい部屋で

塔を上っていったが
見えるのはただ夜だけであった
雌犬よ、私たちは苦悩のあまり吠えたのだった
崩れたような土手に沿って
獅子よ、私たちはオーレスで咆哮した
そして駱駝よ、塩湖で灰色の海草を私たちは齧り、その窪んだ茎の液を吸った
というのも砂漠では水は溢れ出るようなことはないのだから

燕よ、私たちは渡り抜いた
広大な海を食糧もなしに
キリギリスよ、食糧を得るために
私たちは全てを荒らし回らなければならなかった
海藻よ、私たちは嵐によって揺さぶられた

小片よ、私たちは風によって吹き転がされた

ああ!大いなる憩いのために、私は健康的な死を願う。そして私の疲れ果てた欲望が新たな輪廻にもう何ももたらさないことを願う。欲望よ!私はお前を旅の途上で引きずっていた。畑ではお前を困らせた。大都市ではお前をうんざりするくらい酔わせた。お前の渇望が満たされることなくうんざりするくらい酔わせた。――私は夜の眩い月の下でお前を浴させた。お前をあちこちに連れ歩いた。お前を波の上であやしたいと思った。波打つ中でお前を眠らせたいと思った……。欲望よ!欲望よ!お前に何をしてやろうか?そしてお前は一体何を望むのか?お前は疲れというものを知らないとでもいうのか?

コナラの枝の隙間から月がその姿を表した。いつもの如く単調ではあるが美しい月が。今でも、彼らは集団をなして喋り合っていて、彼らの言葉は断片的にしか聞き取ることができない。どうも彼らは皆互いに愛について語っていたが、実際に相手が聞いてくれていたかどうかは問題にはしていない様子だった。

そして会話は途切れた。そして月がコナラの最も生い茂った部分の枝に身を隠したので、彼らは互いに木陰の側に寄り添って横になり、相手の言葉をもう理解しようともせずにいつまでも続くその言葉に耳を傾けていた。その控え目な調子の声は苔の上に流れる小川のざわめきに混じり私たちにはもうはっきりとは聞こえなかった。

シミアヌはその時身を起こし、キズタの冠を編んだ。すると裂かれた木の葉の匂いが漂ってきた。エレーヌは髪を解き、その髪が衣服の上に落ちた。そしてラシェルは湿った苔を罪に出かけていった。その苔で両眼を濡らし、眠りに入るために。

月の光さえももう消えてしまった。私は魅惑で身が重く感じ、悲しくなるくらいにうっとりとして、身体を横に寝かせたままでいた。恋愛について語らなかった。出立して、気の向くままに旅で歩きまわるために朝を待った。相当前から疲れ切っていた自分の頭は眠っていた。そして数時間寝た——そして夜明けが差し込んできたら、私は出立した。

第五書

I

雨繁くに降るノルマンディー
耕された田園……

君はこう言った。私の知っている木の枝の下で、春になったら一緒になろう。たくさんの苔で覆われたその場所で。昼のその時間で、空気はその暖かさを持って、そして鳥は昨年と同じように歌を囀るだろう。——だが今年の春が到来したのはいつもより遅かった。あまりに瑞々しい空気はまた違った喜びをもたらした。
夏は物憂げで生ぬるかった。——だが君は来ることもない女を待ち侘びていて、こう言った。この秋はこの見込み違いを償われ、私の物憂さを慰めてくれるだろう。おそらく、やはりやってくることはないけれど、少なくとも秋は大きな樹木を赤く染める。あの穏やかな日々はさらに続き、私は昨年木の葉が沢山落ちた湖の方へ行って腰を下ろそう。夕暮れがやってくるのをそこで待とう。そして実際に夕暮れ時になると、黄昏の光が差し込んでくる森の外れへと降りていこう。だが今年の秋は随分と雨が降ったものだ。湿った木々はなんとか色づき、湖の畔では水が氾濫していて、君はそこで座りにいけなかった。

＊

今年、私はずっと大地に心を向けていた。収穫や労働にも従事した。秋がさらに深くなっていくのを感じられた。その季節は今までと比較にならないくらいに生暖かかったが、雨もだいぶ降った。九月の終わりに、十二時間もの間ずっと恐ろしい突風が吹いていて止むことはなかった。そしてそれが片側の木々の木の葉を全部落としてしまった。それから少しすると、風によって落とされることのなかった木の葉は黄金色に染まり始めた。私は人里離れたところで暮らしていたので、このことを普通のなんでもないような出来事として述べておくのが適切かと思われた。

＊

一日が終わればまた次の日がやってきて、それが繰り返された。朝が来れば夜が来て、それが繰り返された。

夜明け前に気怠い状態で起床する朝もあった。秋の灰色の朝！その朝、魂は十分に憩うことなく目覚め、激しいくらいの徹夜にとても疲れていた。あまりに疲れていてもっと眠りたいと思い、死の味すらも味わいたいと願った。明日になれば、この震えるような田園を去るとしよう。草はたっぷりと一面凍っている。土の中へ飢えに備えてパンや骨を貯蔵する犬のように、このように貯蔵した欲望がどこで見出せるのかを私は知っている。小川の窪んだ畝道に、少しばかり生暖かい空気が流れるのを知っている。森の入り口の上の方に、まだ葉が落ちきっていない黄金色の菩提樹を。学校へと向かう鍛冶屋の少年の微笑みと愛撫を。遥か遠くに、落ちた無数の木の葉から漂ってくる匂いを。私が微笑みを受け入れてくれるある女が、小屋の近くで小さい子供にキスをするのを。秋には遠くから聞こえてくる、鍛冶屋の叩くハンマーの音を……。これで全部だろうか？――ああ、眠ろう！――全然大したことじゃない――それに希望を願うには私はもう疲れ切っている……。

＊

夜明け前に、薄明かりの中を恐怖に恐れながら出発。魂と肉の悪寒。目眩。それでもなお携えていけるものを探す。――メナルク、出発の際に、君なら何に相応の愛を注ぐのか?彼は答える――「死の予感」

私にとっても必要不可欠でないものから我が身を離すこと以外に格別に注意を払うようなものはないのだ。ああ!どれほどたくさんのものを、ナタナエル、なくとも問題なく過ごせることだろう!愛で――愛で、期待と希望で、私たちの唯一で真の所有物であるこれらで、十分に満たされるための、十分で自由な魂。

ああ!何も問題なしに住めるこれら全ての土地!幸福の栄える土地。艱難な労働。無数の田園の労働。疲労。睡眠の静謐な平穏……出かけよう!そしてどこでもいいから足を止めよう!

Ⅱ

駅馬車の旅

私はやたらと威厳を保つような義務を課してくる都会の衣装を脱ぎ捨てた。

＊

彼は私に寄りかかってそこにいた。彼の鼓動する心臓から彼は生きたものであることが感じ取られ、彼の小さな肉体の火照りが私を焼いた。彼は私の肩にもたれかかって眠っていた。私は彼の呼吸の音を聞いていた。私は彼の生暖かい吐息に煩わされたが、彼を起こさないように身動きしなかった。彼の可愛らしい頭は、人がぎゅうぎゅう詰めにされている乗り物が大きく揺れるたびに振動した。他の人々は夜が明けるまでの時間を貪るように眠りに入っていたままだった。

そうだ確かに、私は愛を知っていた、やはり愛と他の多くのものを知っていたのだ。だがあの時の愛情について私は何も言うことができないのだろうか？

そうだ確かに、私は愛を知っていた。

私はあらゆる放浪者に少しでも出会うことができないかと、私自身が放浪者となった。どこで己を暖められるかもわからぬ全ての人たちに私は愛情の限りを尽くした。そして私は放浪するもの全てを熱烈に愛した。

＊

四年前、今こうして再び通っているこの小さな町をある日の夕暮れ時に通っていたことを思い出す。その時の季節は、今と同じように秋であった。そしてその時も日曜日ではなく、だいぶ涼しくなっていた。

今と同じように私は通りを散歩していて、町外れにある美しい地方の風景を見下ろすことができる開かれた庭にある露台にまで向かっていたのを思い出す。

私は今こうして同じ道のりを歩いていて、全てにはっきりと見覚えがある。

かつての歩みと思いを今の自分と重ね合わせるように歩んでいった……。石のベンチがあってそこに私は座っていたことも――ここだ――私はそこで読んでいた。どんな本を？――あぁ！ウェルギリウスだ――そしてクリーニング係の人が叩いている音が響いてくるのも聞いていた――今も聞こえてくる――空気は穏やかだった――今日のように。

子供たちが学校から出てくる。私はそれを思い出す。人が往来した、今往来しているように。

太陽が沈んだ。今は夜。昼の歌声は沈黙へと移りゆく……。

これで全てだ。

――だが、とアンジェールがいう、それだけでは詩はできないな……。

――だったらこの辺でやめにしよう、そう私は答える。

*

私たちは夜明け前にいそいそと起床することを覚えた。

御者は中庭で馬を繋ぎ留めている。

バケツの水が舗装された通りを濯いでいる。ポンプの音。

考えがいっぱいで寝ることができなかった人の酔ったような頭。去らねばならぬ場所。小さな部屋。ここに少しの間、私は自分の頭を置いた。私は感じた。私は考えた。私は徹夜をした。

――死ぬことができたら！どこでも構わないから（というのももう生きたくないと思ったのなら、死ぬ場所はどこも違いはないのだから）。だが結局は生きてしまい、私はここにいたのだった。

見捨てられた部屋！私が悲しいと決して思わなかった出発の驚き。これを今も絶えず手中に収めたいということが私をいつも興奮させる。

この窓に、もう少し寄りかかろう……。間もなく出発の時がくる。それがすぐにやって来ればよい……。もう明けんとするこの夜に、私は幸福の無限な可能性へと身をもたせたいのだ。

蠱惑の一時が縹渺たる蒼穹に黎明の波を注ぐ……。

場所の用意はできた。さあ行こう！私の脳裏に浮かび考えていたことも、私と同様に逃走による眩暈において消散するように……。

森の通路。香りの漂う温帯。最も温かいところには大地の香りがして、最も冷たいところでは腐り始めたところの香りが漂っていた。——私は両眼を瞑っていた。そしてまた開いた。そうだ、あそこには木の葉、ここには掘り返された土壌……。


ストラスブール。

ああ「おかしくなった大聖堂！」——空に聳える塔も！——その塔の頂から、揺れる小舟のように、屋根には

正統派で堅苦しい
長い脚を持ったコウノトリ
が見えた。コウノトリはゆっくりと脚を動かしている、というのも脚を使うのはとても難しいからだ。

宿屋。

夜、私は納屋の奥に行って眠りに入った
御者がやってきて私が干し草に埋まって寝ているのを見た

宿屋。

……私は三杯目のチェリーブランデーを飲み干すと、熱った血が私の頭に駆け巡り始めた。
四杯目を飲み干すと、全て身に寄せて自分の届く範囲にそれらを置くあの淡い陶酔感を感じ始めた。
五杯目を飲み干すと、私のいた部屋、つまり世界がさらに崇高なバランスをとり、私の荘厳な精神がより融通無碍にそこを飛び回ったかのような感覚になった。

六杯目を飲み干すと、少し疲れを覚えてしまい、眠りに入った。

（私の感ずる悦びは全て虚構であるが如く不完全であった）


宿屋。


私は宿屋の腹にもたれる葡萄酒の味を知った。飲み終わった後スミレの味がするもので、昼の深い眠りへと誘ってくれる。私は宵の陶酔を知った。そしてその時に、私は君の圧迫してくるような思想の重みだけで、地上の大地が震動するかのようだった。

ナタナエル、君に陶酔について語りたい。

ナタナエル、最も素朴な満足感も既に多数の欲望に酔っていた私に陶酔へと誘うには十分であった。そして私が途上において探し求めたのは、最初は宿屋ではなく飢えだった。

陶酔——朝早くに歩き、飢えが食欲ではなく眩暈である時、断食の陶酔を享受することができる。夕暮れまでずっと歩き続けると、渇きの陶酔を今度は享受できる。

そうなると、最も質素な食事も私にとってはたっぷりのご馳走と同じくらいに過剰なものとなり、私は熱中して私の生の強力な感傷を享受した。このようにして私の五感から放たれる快楽はその官能に触れる各々を、触知可能な幸福のようにしてくれるのであった。

私は思想を少しばかり歪ませる陶酔を知った。私はオペラグラスの筒のように自分の思想がある日遠目から覗くように見て取っていた時のことを思い出す。最後から二番目の思想がいつも最も繊細なものだった。そしてそこからいつももっと繊細なものが出てくるのであった。私はそれらが円の形になって、ただもう転がす他なくなった時のことを思い出す。そしてそれらが弾性に富み、各々が全体として一つとなっていき、相互が結合していった日のことを思い出す。またある時は似た二つの形となり、永劫の深淵にまで生育していこうとしているようにも思われた時があった。

私は陶酔がもっと大きく、もっと感嘆し、もっと徳が備わって、もっと富んだ等々といったものであることを君たちに一層信じさせたくなるような陶酔を知った。

秋。

平野には広大な耕作地があった。夕暮れ時に溝から煙が出ていた。そして疲れた馬がノロノロとした足取りで歩いていた。毎晩、私はそこで初めて大地の香りを嗅いだ時のような陶酔を抱いていた。当時私は枯れ葉が辺りに落葉していた勾配の上に座っていた。耕作地から聞こえてくる歌声に耳を傾けつつ、疲れ切った太陽が平野の奥底にて身を沈めていくのを私は眺めていた。

湿った季節。雨が繁くに降る地、ノルマンディー……
散歩道。――荒地、だが起伏は険しくない――
断崖。――森林。――凍った小川。木陰の憩い。饒舌。――赤褐色のシダ類
――ああ！牧場よ、旅でお前と出合ったら、騎乗してお前のところを通過しようとしたなら）
（牧場の四方は森林がひたすらに繁茂していた）
黄昏時の散歩道
夜中の散歩道――

散歩道。

……在るということが私にとって甚だしい悦びとなった。私は生のあらゆる形態を味わいたいと思った。魚の形式や植物の形式。五感のあらゆる悦びのうち、触感を最も私は欲した。秋の平野に、にわか雨に晒された孤独な樹が一本立っていた。その褐色の葉は散ってしまった。私は水が深くまで染み込んでいる大地において、その根っこを水が長きにわたって浸水しているものだと考えていた。

この歳になって、裸足だった私の足が濡れた大地を踏むことに喜びを覚えていた。小さな水溜まりの漣、冷たいか生ぬるい泥にも足を踏み入れるのも楽しいものだった。自分がどうしてこういった水や、特に濡れたものを好んでいるのか知っている。それは水が空気よりも温度の変化によってもたらされる事物の変化を直接に肌に感じさせるからである。私は秋の濡れを感じさせるような風が吹くのを好んでいる……。雨が繁くに降るノルマンディーの大地。

＊

ラ・ロック。

香り漂う収穫物が積まれている荷車が戻ってきた。穀倉が干し草でいっぱいだ。

重たい荷車が窪んだ轍の上を揺れながら走り、勾配に衝突する。積み重なった乾いた草の上で寝転がり、草を干している粗野な子供たちに囲まれた私を、何度君は野原から連れ戻しただろう！

ああ！一体いつになったら、夕暮れがやってくるのを待ちながら稲塚の上に横になっていることができるのだろうか……？

夕暮れがきた。納屋へと人々は入っていった——その日の太陽が放つ最後の光が中々消えないまま差し込んでいる農場の中庭にまで。

Ⅲ　農場

農夫！


「農夫」よ！君の農場を歌うのだ。

私はしばしの間そこで身を休めたいのだ――そして君の穀倉の側で、乾いた草の香りが見せてくれる夢にこの夏に浸りたいのだ。

君の鍵を握るんだ。一つ一つ。そして各々の扉を開けてくれ……。

第一の扉は穀倉だ……。


ああ！時間が誠実なものであったなら……！ああ！蒸し暑い乾いた草の中で、穀倉の側で身を休ませることができるのならば……！熱意に駆られて放浪し、砂漠の不毛さに打ち勝つくらいならば……！収穫に勤しむ農民の歌声に私は耳を傾けただろうし、貴重な食糧の収穫物が沢山積まれた荷車の上に乗って帰っていくのを私は穏やかに動揺することなく見たであろう――私の欲望の疑問を待ち構えた答えのように。私は平野へと自分の欲望を満たすために探し出かけることももうなかっただろうに。ここで、私は暇を潰しながらたっぷりと味わうことができるのだから。

笑う時がある――そして笑った時もある。

確かに、ナタナエル、他でもない私自身が同じ草が揺らめいているのを見ていたのだ。―これらの草は枯れて匂いを今放っている、あたかも刈られたものが全てそうなるように。生き生きとした草、緑で黄金色な草、夕暮れの風にゆらゆらと動いている。――ああ！芝生の端っこで寝転んでいた時が戻ってきてくれたらいいのに……。生い茂った草むらが私たちの愛を摘み取った。

鳥獣が木の葉の下を飛び回っていた。その小道の各々が並木道を形成していた。そして私が大地に身を屈め、葉から葉を、花から花をと眺めていたら、無数の昆虫が群れているのを見かけた。

私は緑の光において、花の本性において、大地の湿気を知った。ある野原ではマーガレットが散りばめられているのを見た。だが私たちが好み、私たちの愛をより豊かなものとする芝地は全て白い散形花序をなしていた。あるものは軽く、あるものは大きなハナウドのように不透明で広大に。夕暮れ時に、一層深く茂った叢において波打った、煌めき、無碍に、茎から離れクラゲのように。そして湧き上がってくる靄に舞い上がったかのようだった。

＊

第二の扉は物置の扉。

穀物の堆積、私は君を讃えたい。穀物、褐色の小麦、期待における豊かさ、計り知れぬほどの食糧。

私たちのパンが消尽したらいいのに！物置よ、私は君の鍵を持っている。積まれた穀物よ、君たちはそこにいる。君たちは私の腹が満たされる前に、食されてしまうのだろうか？畑には空の鳥が、物置にはネズミがいる。そして貧しき人たちは私たちの食卓に……。私の飢えが極限にまで高まるまで、このままの状態でいるのだろうか……？穀物よ、私はお前を一握り握り続けよう。私の肥沃な畑にそれを蒔こう。適切な季節を見計らって、蒔くとしよう。一粒の穀物は百粒の穀物を海、もう一粒は千粒を……。

穀物！私の飢えが高まっていった時、穀物！お前は溢れ返っていることだろう！

緑の小さな草のように初めに萌芽する小麦よ、お前の曲がった茎がどのような黄色の穂を支えることだろうか教えてくれ！

黄金色の藁よ、冠羽と束――私が蒔いた一握りの穀物よ……。

＊

第三の扉は生乳置場の扉だ。

休息！沈黙。チーズが圧縮されていく簀のいつまでも続く排水。金属製の管における土塊の圧縮。七月の蒸し暑い日には、凝結した乳の匂いがいつもよりも更にひんやりとしていて味気ないものに思われた……。いや味がないのではない。だが鼻腔の奥で感じられないくらいに微かで薄い苦味をしていて、匂いというより味と言った方が正しいのだ。

この上なく清潔に維持されている攪拌装置。キャベツの葉が添えられたバターのついた小さなパン。農民の赤い両手。窓が常に開いているが、猫や蝿が入り込まないように金網が張られている。

椀が並んでいて、クリームが浮かび上がるまで常にたっぷりとした牛乳がそこに注がれている。クリームがゆっくりと浮かんでその姿を表す。そして膨れ上がり、波を立て、その澱が沈んでいく。乳が薄くなると人はそれを運び去って行く……（だが、ナタナエル、君にこの一部始終を話すことはできない。私には農業に勤しんでいる友人が一人いるが、彼はこうしたことをとても見事に話すのだ。彼は各々の事物の有益性について語って聞かせ、乳清というものにも相応の価値があることを教えてくれた)。(ノルマンディーではそれを豚に与えるのだが、それよりももっと効果的な使い道があるらしい)

＊

第四の扉は牛小屋に向かって開いている。

我慢ならないくらいに暑いが、それをも雄牛たちにとっては心地よい。ああ!汗をかいている肉体がいい匂いを放つ農民の子供たちと一緒に、雄牛の脚の間をくぐるように駆け回った時に私もいたのなら。私たちは秣棚の隅っこに卵を探したものだ。数時間の間、私たちは雄牛を眺めていた。牛糞が噴き出して落ちるのを見ていた。どの牛が最初に糞をするのか私たちは賭けあっていて、ある日のこと私はその中の一匹が突然子供を産み落とすのではないかと考え、怖くなってその場を逃げるように離れた。

＊

第五の扉は果物貯蔵所の扉だ。

太陽が降り注いでいる場所の前に、葡萄の実が紐にかけられて垂れ下がっている。どの粒も熟していて瞑想しているかのようで、光を密かに反芻している。彼は馥郁とした香りの葡萄砂糖を精製している。

梨。林檎が積み重なっている。果実よ！私は君の汁気たっぷり果肉を食べた。私は核を地面へと吐き捨てた。芽を出してくれるといいが！もう一回、私たちに喜びを与えるために。

美味なるアーモンド。驚きの約束。核小体。到来を眠りながら待つ早春。春と夏の間の種子。過ぎ去った夏の種子。

ナタナエル、それから私は苦しみを孕んだ萌芽について考えるだろう（種子から芽生えるために草が払う努力は素晴らしいものだ）。だが今は私たちは感嘆するとしよう。いかなる繁殖にも肉欲が必然的に付随するものだということを。果実は風味によって包まれている。そして生に強く拘泥するという喜びにも。

果実の肉、それは愛の旨味であるという証。

＊

第六の扉は圧縮機の扉。

ああ！もし私が今、暑さの和らいだ納屋で、圧縮される多数のリンゴに、圧縮された酸っぱいリンゴに埋もれながら、君の側で寝転ぶことができたなら。ああ！シュラミト！私たちの肉体上の快楽は、濡れたリンゴの上においては、消え去りにくくなるのか、長引くものなのか（甘美な香りに支えられることによって）考察したものだ……。

臼の音が、私の思い出を赤子をあやすように和らげる。

＊

第七の扉は蒸留酒製造所の扉。

薄明かり。燃え盛る暖炉。薄暗い機械。銅製の鍋が突然現れ出る。

蒸留器。入念に貯蔵されてきた不思議な化膿（同じようにして私は松脂が、西洋実桜の脆いゴムが、弾性に富んだイチジクの乳液が、光を放つヤシから精製された酒が貯蔵されているのも見た）。狭隘なガラス瓶、陶酔の荒波がお前へと凝縮していっては砕け散る。果実におけるあらゆる美味と効力のあるものと、花において魅力的で馥郁とした香りを全て合わせた、真髄的なエキス。

蒸留器。ああ！滴ってくる黄金色の雫。（桜桃から凝縮した果汁よりもなお味の濃いものがある、牧場のように芳しいものも他にある）。ナタナエル！そこには誠に奇跡的とも言えるような光景がある。それは春というものが全て濃密に結晶化されたようだ……。ああ！私の陶酔を今気取るように誇示することができたなら。この真っ暗な部屋に閉じ込められて自分がそこにいることすらもう気づかないようなところで、私は飲んでみたい。——私の肉体のために、私の精神を自由にするために、私が望むだけのものをもたらしてくれる光景を与えたい……。

＊

第八の扉は車置き場の扉。


ああ！私は黄金色の杯を壊してしまった——そして私は目を覚ました。陶酔も幸福の単なる代用品に過ぎない。小型馬車！あらゆる逃走は可能だ。橇よ、凍える土地よ、君たちに私の欲望を繋ごう。

ナタナエル、私たちは全てへと向かっていこう。次から次へと各々に到達していこう。私は鞍の革ポケットに金貨を入れておいた。箱の中に、凍えを愛することもできるような毛皮が入れてある。車輪よ、逃走している間に、誰が君の回転の数を数え上げるだろうか？小型馬車よ、軽い家よ、私たちの中断した悦びのために、私たちの抱く幻想が君たちから離れるように！鋤よ、私たちの畑にいる牛たちが君を動き回らせるように！括削刀のように大地を掘り進め。納屋に置かれて使われなくなった梨の刃は錆びてしまい、そしてこれら他の道具も……。君たち、私たちの存在の無為なる可能性よ、君たち全ては苦悶しながら待っている――一つの欲望が君たちに結合されるのを待っている――最も美しい国々を望んでいる人のために……。

私たちの素早い歩みが舞い上がらせる雪の飛沫が、私たちの後ろについてくるように！橇よ！君に私の全ての欲望を繋ごう……。

＊

最後の扉が平野へと開かれていた。

…………………

第六書

リンケウス

見るために生まれ
目を向けるように言われ

「ファウスト第二部」ゲーテ

神の戒律よ、あなたは我が魂を苦しめた。

神の戒律よ、あなたの律文は十あるのか、それとも二十あるのか？

一体どこまで、あなたご自身の限界を狭まれるのか？

常に更なる禁断の事柄があることをあなたは教えなさるのか？

この地上において私が美しいと見出したもの全てに対する渇望に、更なる罰があると仰るのか？

神の戒律よ、あなたは我が魂を病に罹患せしめた。

あなたは私の渇きを癒すための唯一の水を壁で囲んでしまわれた。

……だが私は今、ナタナエル、人間たちの優美とも言える過失に対して憐憫の心でいっぱいなのだ。

*

ナタナエル、君にあらゆる事柄は神のように自然なものだということを教えたい。

ナタナエル、君に全てを語りたい。

小さき羊飼いよ、私は君の手に金属のない羊飼いの杖を渡したい。そして静かにあらゆる所へと、どの主人の後も今まで追うことのなかった羊たちを導いていこう。

牧人よ、私は君の欲望をこの地上におけるあらゆる美しきものへと導いていきたい。

ナタナエル、私は君の唇を新たな渇きで燃え立たせたい。そしてみずみずしさでいっぱいの杯に近づけさせたい。私は飲んだ。私は唇の渇きが満たされ得る泉を知っている。

ナタナエル、君の泉について話したい。

岩の隙間から迸り出る泉がある。

氷河の下から湧き出る泉もある。

とても蒼く、その水がより深みのある様を呈しているものもある。

（シラクサでのシアネの泉は、まさにこれによって見事な様子を醸し出している。

紺碧の泉。覆われた水盤。パピルスから噴き出る水。

私たちは小舟から身体をかがみ出した。サファイアのような砂利の上に、蒼色の魚が泳いでいた。

ザグァアンでは、ニンフの泉から昔カルタゴへと流れていた水が迸りでている。ヴォクルウズでは、大地から水が流れ出てきていて、あたかも相当前から流れ出ているかのように豊かに湧き出ていた。それは川と言ってもいいくらいで、地下へと潜っていくこともできるくらいだ。その水は洞窟を流れていき、夜に浸み込んでいる。松明の光は揺らめいていて、消えかかっている。そしてあまりに暗いのが一箇所あり、こう独り言を言ってしまうくらいだった。「無理だ、これ以上水の流れを遡っていくことはできない」

色彩豊かな彩りの岩が付随していた鉄分豊かな泉がある。硫黄を含んだ泉があり、その緑で温かい水は最初見た時は毒を持っていると思ってしまうものだった。だが、ナタナエル、その水で身を浴すると、皮膚がとても心地よく柔和になり、そして入浴が終わると触れてみるとより一層心地よく感じるのだ。

夕暮れ時に、靄を湧き出してくる泉がある。夜に靄は辺り一帯に漂っていき、翌朝になるとゆっくりとそれが霧散していく。

とても素朴な小さな泉があり、それはコケとイグサの間に色褪せている。

洗濯女たちが洗うためにやってくる泉があり、水車を回らせる泉がある。

枯れ尽くすことのないくらいに水が貯蔵されている！水の迸り。泉の下に氾濫している水。

隠れた貯水池。口が開いている花瓶。岩が裂け続けるだろう。山は低木によって覆われるだろう。乾いた国々は喜びを覚え、砂漠の全ての苦しみが亡くなっていく。

地上に多くの泉が迸り流れるから、私たちの渇きではそれらを全て飲んでしまうことはできない。


水が次から次へと流れ出てくる。一旦空へと上がった水蒸気がまた落ちてくる。

もし平野において水が不足しているのなら、平野が山へと赴いて飲みにいくが良い――あるいは地下水路が山脈の水を平野へと運んでいくのもよい。――グラナダの驚異とも言える灌漑――貯水池。ニンフ。――確かに、泉には類い稀なる美がある――そしてそこで身を浴せば類い稀なる喜びがある。池！池！私たちは身を清められて君から出るのだ。

暁に浮かぶ太陽のように
夜の露に浮かぶ月のように
流れ続ける君の水気において
私たちは自分の疲れた四肢を清める

泉には類い稀なる美がある。そして地下にはしみ通っていく水がある。それはクリスタルを通り抜いたかのようにとても澄んで見える。飲むとこの世のものとは思えぬ美味をもたらすものがある。それは空気のように蒼白で、まるで存在していないかのように色彩を欠いていて、味もしない。その過剰とも言えるほどの瑞々しさを感じて初めてそれが水だと気づく。そして水の隠された徳というもの。ナタナエル、君は水を飲むという欲望を抱き得ると聞いて納得できただろうか？

私の五感がもたらした最も大きな悦びは
癒された渇きであった。
そして今、ナタナエル、君に口にしよう、

癒された渇きに寄せるロンド

口づけをする時よりもさらに唇を強ばらせながら、溢れている杯に近づけたので、溢れていたその杯も、たちまち空になってしまった。

私の五感がもたらした最も大きな悦びは、
癒された渇きであった……。

＊

搾ったオレンジやシトロンやレモンの液汁で
設えた飲み物がある。
そしてそれは酸っぱいと同時に甘くもあるので
咽喉を爽やかにするのだ。
私はとても小さな杯から私は飲んだ。
歯も触れぬうちに
口をつけただけで壊れてしまいそうな杯。
そして飲み物はその杯から口にするとなお一層美味しい。
唇とそれを隔てるのが何もないのだから
ゴム製のゴブレットで飲んだ。
その葡萄酒を唇まで持っていくために
両手でゴブレットを押さえながら

宿屋の器量の悪い杯で、腹にもたれるようなシロップを飲んだ。
激しい太陽の下で一日歩き通した夕暮れ時に

雨水溜に溜まったとても冷たい水を時々飲むと
夜の影がより一層感覚に冴え渡る。
私は皮袋に入れて身に携えてきた水を飲んだ
その水はタールを塗った山羊の皮膚の匂いがしていた。

私は身をほとんど屈めつつ、身を浴したいと思っていた河岸の
流れている川の水を飲んだ。
露わな両腕が勢いよく水の底まで潜らせた
その中には白い小石が揺れ動いていた
爽やかさが肩から私の内部へと浸み込んでいく

牧人たちは自分のたちの手で水を掬って飲んだ。
私は彼らに麦わらで水を吸い込む方法を教え授けた。
ある日のこと、私は日差しが激しい中歩いていた。
それは夏の最も暑い時間帯で
私の烈しい渇きを癒せるものを探し求めていた。

覚えているかい、わが友よ、私たちの恐ろしい旅路のある夜に、汗に塗れながら起き上がって、水を凍らせていた土壷から飲もうとしたことを。

雨水溜よ、女たちが降りていく隠れた井戸よ。光をかつて見たことない水よ。影の味よ、外に晒された水よ。

異常なまでに透明な水よ、もっと凍ったように見えるために緑がかり、あるいは放電していて、そしてアニスの香りが漂ってくれることを願った水。

私の五感がもたらした最も大きな悦びは癒された渇きであった。

いや！空に浮かんでいる星、海中に沈んでいる真珠、湾の縁に白い羽、それらをまだ私は完全に数え切ったことはない。

木の葉のざわめきも、曙光の微笑みも、夏の笑みも。そして今、私は何と言えばいいものだろうか？私の口は閉ざされたままだから、私の心は憩いにあると君は考えるのか？

蒼穹の空に浴されし平野！

蜂蜜に浸かりし平野！
蜂たちが重たい蝋を背負って、やってくる……

私は帆桁や帆が格子のように並ぶ後ろから、夜明けの光が薄暗い港に注がれているのを見た。朝に、大きな船舶の船殻の間から、小舟が人目を忍ぶように航海に出た。船索の張ったロープの下を人々は身を屈めながら潜っていった。

夜に、私は無数の帆船が、夜の中へと埋めて昼に向かって潜っていくように出立するのを見た。

＊

それらは真珠よりも輝いてはいない。水のように艶々したものでもない。だが小道の砂利はやはりなお光を放っているのだ。私が歩いている樹木に覆われている小道における光の優しい受け入れ。

だが燐光について、ナタナエル、ああ！私は何と言えば？物質は精神に対して無数の孔が空いていて、あらゆる法則を受容する、逆らうことなく従順に！どこからどこまでも透明なのだ。君はこのイスラームの町の壁が、夕暮れになると赤く染まり、夜になるとそっと明るさを灯すことを知らない。昼に、その分厚い壁に光が注がれる。金属の如き白い壁が真昼に（光がそこに溜め込まれる）。夜にはその光が再び、とても小さな声で語り出すように君たちには思われることだろう。——街々よ、君たちは私には透き通って見えるようだ！丘の遥か上から見渡せば、夜が囲む漆黒の影の中、君は純白で虚ろなランプのように、そして敬虔な心が描くように、あなたは光っていた。空いた孔のように、光がそこに満たされ、そしてその光は牛乳のように周囲へと浸み込んでいく。

路上の影の上にある白い砂利。光が濃縮する場所。荒野の黄昏時にある白いヒース。モスクの大理石の敷石。海の洞窟に咲く花。イソギンチャク……。全ての白さは慎み深き光より生じる。

＊

私は全ての存在を光の受容の能力によって判断する術を覚えた。昼に太陽の光を受け取ることができたものは、夜になると光の独房になるかのように思われた。——昼に、平野の中を流れる水が、滑らかな光を通さない岩々の下へまで流れていき、そして多数の黄金色の宝をそこに撒き散らしているのを見た。

だが、ナタナエル、私が君に話して聞かせたいと思っているのは事物だけなのだ。

決して目には映らない現実ではない。——というのも

……水から出てくると輝きを失ってしまう、あの見事な水藻のように……

同様に……等々

——風景の無限な変化は、私たちは未だなお（形態において包含され得る）幸福の、瞑想の、悲しみの全ての形態を知り尽くしたわけではないことを教えてくれる。私が幼い頃に、時々悲しみにおわれることがあったその年代なのに、ブルターニュの平野にいるとその悲しみが突然私の中から消えていったことを今でも覚えている。悲しさが風景の中へと包まれていって一体化するようだったからだ。そして私の眼前にある悲しみが包含されたその風景をうっとりとした心地で眺めていた。

絶えず流転していく新しさ。

彼は至極単純なことをして、そしてこう言う。「私はかつてそれが為されたこと、考えられ

たこと、言われたことが決してなかったということを知っている」――すると突如、全てが私にとって一点もの穢れのない処女のように映るようになった。（現在と言う瞬間へと吸い込まれていった世界の全ての過去）

＊

七月二十日、午前二時

起床――神とは期待を少しもかける必要のない存在である、と私は身を起こしつつ思った。どれほど早く起きようとも、循環する人生を人はどうしても見てしまうものなのだ。寝るのが早くなればなるほど、私たちにとって期待するようなことは少なくなるのだ。

曙光よ、お前は私たちにとっての極上の喜びだ。春よ、夏の曙光よ！
毎日の春、曙光よ！
私たちはまだ起床していなかった。
虹が空に浮かんだ時には……
……だがまだ夜が明けて朝になっていたわけでは決してなく

月を待ち侘びるような
夕暮れ時でもなかった……
微睡。

私は昼の、夏時での、微睡を知った。真昼の微睡――朝一番から従事していた労働の後の。とても深い微睡。
二時――寝ている子供たち。息が詰まるような沈黙。音楽の可能性、だが演奏されることはない。クレトン製のカーテンの匂い。ヒヤシンスとチューリップ。リネン。
五時――汗だくで目覚める。鼓動する心臓。震え。すっきりした頭。肉の柔軟さ。孔だらけの肉体、そして各々全てがいとも容易く入り込んでくるかのうように思える。沈みゆく太陽。黄色い芝生。一日の終わりに閉じた両眼。ああ、黄昏時の思いのリキュール！夕暮れ時の花の伸長。生ぬるい水で額を洗う。外出……樹檣。太陽の光を遮った壁に囲われている庭。道。放牧場から帰ってくる家畜たち。見る必要もない沈む夕陽――すでに称賛は十二分に為されたのだから。
帰宅。ランプの傍で、再度仕事に取り掛かる。

＊

ナタナエル、寝床については君に何と言おうか？

私は引き臼の上で寝た。小麦の畑の畝でも寝た。私は日差しを浴びながら草叢で寝た。干し草のための納屋に、夜に寝た。私は木の枝にハンモックを吊った。私は波に揺られて寝た、船舶の甲板に横たわりながら。船窓の変な孔に面した、船室の狭い寝床に横たわりながら。また別の部屋の寝床では、娼婦を待っていた。別の部屋では若い少年を待っていた。私の肉体と同様に愛の営みのためにもちょうどいいと思われるような、柔らかく布が敷かれていた寝床もあった。私は野宿をして、板の上にも寝た。そこでの眠りは一種の蕩尽であった。私は走行する電車の中で寝た、運動の感覚を寸毫の間も止めることなく。

ナタナエル、睡眠に関して素晴らしい用意というものがあるんだ。素晴らしい目覚めもある。だが素晴らしい睡眠なんてものはないんだ。そして私は夢が現実だと思わせるものがないのなら、私はそれが好きになれない。というのも、いかなる眠りも美しいものではないからだ。実際に目覚めている瞬間に比べれば、ね。

私は開け放たれていた窓に面して、まるで戸外で空の真下にいるかのように眠る瞬間をつけていた。七月の蒸し暑い夜に、月光の下で裸のまま寝た。ツグミの囀りを聴きながら、夜明けに私は目覚めた。私は全身を長い間冷たい水の中に浸し、朝一から一日の活動を開始するのに得意な気持ちになっていた。ジュラの山脈では、私のやがて雪に覆われる小さな谷に向かって開いていた。私の寝台から、森の外れが視界に入っていた。カラスや小鳥たちが飛び交っていた。朝早く、家畜の鈴の音が私の目を覚まさせた。私の家の近くには牛飼いたちが家畜を連れて飲ませるための泉があった。私はこういったこと全てを思い出す。

ブルターニュの宿屋では、粗野な布といい匂いのする洗剤が触れあうのを好ましく思った。ベル・イルでは、水夫たちの歌声が私の目を覚まさせた。私は窓の方へと駆け寄り、小舟が陸から離れていくのを見ていた。そして私は海の方へと降りていった。

驚くべき住処があるものだ。だがそのどの住処にも長い期間住もうとは思わなかった。再び閉ざされる扉や陥穽が恐ろしかった。独房が私の精神の中で閉ざされるのも。放浪する生活というのは牧人たちの生活だ。——（ナタナエル、私は君の手に牧人の杖を渡したい。今度は君が私の羊たちを見張る番だ。私はもう疲れた。今度は君が出発するんだ。国々は全て広々と開いており、決して飽くことのない家畜たちは常に新たな牧草を追っている）

ナタナエル、時々奇妙な住処が私を引き止めた。それは森の真ん中にあった。水の畔にあった。広々としていた。しかしいつもの如く、それがもう私を驚かせることは無くなったら注意を払うこともなくなり、窓から見える贈り物の方へと関心が向かい、また物思いに耽り始めて、その住処を去ってしまった。

（私はどう説明していいのか分からない、ナタナエル、私が未知なるものへと興奮するくらいに欲求を抱くことを。何かをかすめたり、陵辱したりするものとは思えなかった。だが私が突然覚える興奮は最初からとても激しいもので、その後繰り返して起きてもその強さはさらに増大しなかったのだ。それ故、私は同じ街、同じ場所へと戻って行くことがしばしばあったが、それはすでに知っていた場所で日や季節の変化をより強く感じ取るためだったのだ。そしても し私がアルジェリアに住んでいたら、私は毎日の終わりをムーア人が経営する同じ小さなカフェを通り過ぎたとしても、それは夕暮れ時から別の日の夕暮れ時へと知覚できぬほどの小さな変化を感じ取るためであり、また、時間が同じ小さな空間をゆっくりとだが変化していっているのを眺めるためだった）

ローマでは、ピンチョの丘の近くで、平坦な通りで牢獄の焼けるような格子から、花売りたちが私の所にやってきて薔薇を渡してくれた。そこの空気は芳香で満たされていた。フィレンツェでは、食卓から離れることなく黄色く氾濫するアルノ河が見えていた。ビスカラのテラスでは、ムリアンが静謐な夜の、月明かりを浴びながらやってきた。彼女は大きな白くて破れていたハイックを着ていて、笑いながらガラスのドアの敷居へとそれを落とした。私の部屋では、美味しい料理が彼女を待ち受けていた。グラナダでは、私の部屋の暖炉の上には、燭台の代わりに二個のスイカが置いてあった。スペイン風の中庭であるパティオが多数あった。それは蒼白な大理石を敷き詰めていて、影と瑞々しい水で満ちている。水がそこで流れていて、中庭の真ん中にある水盤で波打っていた。

北風を遮り、南国の光を通らせる分厚い壁。回転し、旅好きで、南国の多種多様な恵みを迎え入れる家……。ナタナエル、私たちにとって部屋とは何だろうか？風景の中の一時の避難所に過ぎない。

＊

私は君にやはり窓の話をしたい。ナポリでの、バルコニーでの喋り合い、宵の時間に朗らかな色の服装をきた女性たちの傍での夢想。半分垂れ下がったカーテンが、私たちと上流人たちによる騒がしい舞踏会を隔てる。とても悲しくなるほどに繊細な言葉が交わされて、それが終わった後は人々は無言のままで時がしばらくの間経過した。そして庭の方から、オレンジの花の我慢できないくらいの匂いと、夏の夜の鳥たちの囀りが入り込んできた。そしてさらに、同じ鳥たちがしばらく囀りをやめた。そうなると、人々の聞こえてきたのは波音のほんの微かな音であった。

バルコニー、藤と薔薇の花籠。夜の休息。生暖かさ。

（今宵、私の窓ガラスに、泣きじゃくるように止め処なく悲痛な突風が打ったのだ。私は何にもましてその突風を愛そうと努める）

＊

ナタナエル、私は君に街を話して聞かせたい。

私はイズミルが横たわっている若い娘のように眠っているのを見た。ナポリは浴する官能的な女のように、ザグアンでは夜明けが近づいてくると頬を赤くするカビリアの牧人のように。アルジェリアは太陽の輝きの下で愛に震え、夜に愛に悶える。

私は北国において、月明かりの下で街が眠っているのを見た。家の壁は青と黄色で交互に塗られていた。その周りに平野が広がっていた。畑では、高くまで積み重なっていた干し草が、散財していた。人は荒涼とした田園へと出かけ、くたくたで眠た気に町へと帰る。

町があったと思うと、さらに別の町があった。時々、誰がそこに建てたのかも分からない町がある。――ああ!東洋の、南方の町よ。屋根が平らな町、白い露台、夜に興奮した女たちがそこに来て夢見る。快楽。恋の祝祭。近くの丘から見渡すと夜にまるで燐光のように光っている広場の灯が見えてくる。

東方の街々!熱狂する祭り。聖なる通りとも称されている向こうの通り。そこのカフェは娼婦たちでいっぱいで、耳にとてもつんざく音楽が彼女を踊らせる。白い服を着たアラビア人たちがそこを巡り歩いていて、その子供たちはまだ愛を知るには早すぎるくらいにとても幼いと私には思われた(卵から孵った雛鳥たちよりも暖かい唇をしていた子供もいた)。

北国の街々よ!船着場。工場。空を覆ってしまうほどの煙をはく街。記念碑。揺れる塔。威圧するようにのしかかってくるアーチ。大通りの騎馬行列。犇めいている群衆。雨上がりに煌めいているアスファルト。マロニエが萎れている並木道。いつも君たちを待っている女たち。夜が、あまりに弱々しい夜があり、その時はほんの僅かな呼び声が聞こえてきても気を失ってしまうような気分になる。

十一時。――戸締り。鉄の鎧戸が閉まる甲高い音。街。夜中、人気のない通りを私が歩いていると、ネズミたちがとても素早く排水溝へと走り込んでいった。地下への開口部から、パンを作っている半裸の男たちの姿が見えた。

＊

おお、カフェ！精神が錯乱がするほどの乱痴気騒ぎが夜になる前から始まり続いていた。アルコールの酔いと喋りが結局眠気を催した。カフェ！たくさんの高価な絵画と鏡があり、とても優雅な人々の姿しかそこには見えないカフェがある。また、滑稽な歌謡を歌い、女たちが踊るためにスカートをとても高くまでたくしあげているような小さなカフェもある。

イタリアには広場にまで広がり、夏の夜に美味しいシトロンを飲ますカフェもある。アルジェリアには、暑い昼にタバコで一服するためのカフェがある。私はそこで危うく殺される所だった。その一年後、警察によって閉店させられていた。なぜなら怪しい人たちばかりがそこに集まるからだ。

カフェはまだまだある……。ああ！ムール人のカフェ！時々語り手としての詩人がそこにやってきて、ある物語を長い時間をかけて話して聞かす。私は幾晩もそこに行き、何を言っているのかは分からぬが、それでも耳を傾けていたものだ……！しかし、無論のこと、何よりも君を、沈黙して一日の終わりを過ごすための場所であるとも言える土小屋の小さなカフェ、バブ・エル・デルブを、私は好んでいる。それはオアシスの果てにある。というのもそこから少しでも離れると辺り一帯に砂漠が広がっているからだ。一日を喘ぎながら終わらせた後、平穏な夜が降りてくるのを私は見ていた。私のそばには、笛の調べが単調ながらうっとりとさせるように聞こえてきた。――そして私は君を、シラーズ小さなカフェでありハーフィズも讃えていた君のことを、想う。ハーフィズは酌を注がれた葡萄酒と愛の想いに酔っていて、薔薇の香りが漂っている露台の上で無言のままでいる。微睡む酌人のそばで、詩行を紡ぎながら、一晩中夜が明けるのを待っている。

（詩人があらゆることを単に列挙するだけで歌うような時代に生まれたいと思っていた。私の感嘆は、各々に対して順次向けられて、そしてその賛辞こそが私の感嘆の証となっただろう。これも十分な理由じゃないだろうか）

＊

ナタナエル、まだ一緒になって木の葉を眺めたことがない。木の葉のあらゆる曲線を……木に生い茂った木の葉。出入り口を穿かれた緑色の洞窟。ささやかな風によっても位置の変わる底。勢力圏。形態の渦。切り刻まれた内壁。木枝の弾力的な構造。丸みのある均衡。薄い粒子と巣房……

不均衡にぐらつく木の枝……。その原因は小枝の多様な弾力性が、風に対して多様な力を以て抵抗し、風が枝に与える圧力を多様に変化させることにある……等々。――別の話題に移ろうか……何の?――決められた構成があるわけでもないので、ここで選択をする必要もないだろう……。自由闊達だ!ナタナエル、自由闊達だ!

――そしてあらゆる感覚を一気に一斉に作動させ、(表現が難しいが)生と同じ感傷、外界のあらゆる触覚から凝縮された興奮を形成することを叶えること……(あるいは逆も)――私はここにいる。そこで、私はこの穴を占領する、そこに入り込んで。

私の耳の中、小川が絶えず流れる音がある。松に吹くある時は大きな、ある時は小さな風がある。断続的に入ってくる、キリギリスの。等々。

私の目の中、小川に映る太陽の煌めきがある。松のゆらめき……(ほら、栗鼠がいる)……苔に穴をあけてしまう私の足。等々。

私の肉の中、(感覚としての)この湿気がある。苔のこの柔和さがある(ああ、一体どの枝が私を指すのだ……？）。私の腕に当てる私の額がある。私の額に当てている私の腕がある等々。

私の鼻の中、……（しっ！リスがやってくるぞ）等々。

そしてこれらが全部一緒に、等々。小さな箱に包まれて。——これが生だ。——それで全てか？——いや、常に他にもたくさんのものがあるのだ。

私は単に感覚の寄せ集めでしかないものと君は思うのか？——私の生は常に、より私自身なのだ。また別の機会に、君に私自身について聞かせたい。今日のところは、

精神の多様な形式に寄せるロンド

最愛の友に寄せるロンド

あらゆる出会いに寄せるバラード

これらのどれにも次のような言葉があったが、それ以上のことについては君に話し聞かせるのをやめておこう。

コモでもレッコでも、葡萄が熟していた。私は崩壊していた古城があった広大な丘を登っていった。そこにある葡萄は、とても甘ったるい匂いを放っていて、不快な気持ちになった。その匂いはまるで味覚のように鼻の奥にまで染み込んできたのだが、実際に食べてみると特別な啓示が特にあるというのでもなかった。しかし私はとても渇いていて飢えていたので、数個の葡萄の房を食べただけでも酔いに陥るのに十分であった。

……だがこのバラードにおいて特に私は男女について語ったのだが、それを今ここで話そうとしないのは、この本の中で相手の人を攻撃するようなことはしたくないからだ。というのも、君は気づいただろうが、この本には個人というものは存在しないからだ。そして私自身についても、そこでは幻影に過ぎないからだ。ナタナエル、私は塔を守る者、リンケウスだ。夜はすでに長い間続いていた。塔の高さから、私は君に向かってこれほど叫んでいるのだ、曙光よ！決して輝くことのない諸曙光よ！

私は夜が終わるまで、光の新しさに対する希望を保ち続けた。今、私はその光を見えないが、それでも希望を抱き続けている。私は夜明けがどこから顕れるのか分かっている。

確かに全ての人はそれに対して備えている。塔の高みから、私は街のざわめきが聞こえてくる。日は生まれるのだ！祝祭に賑わっている人々はすでに太陽へと向かって歩いている。

君は夜についてどう言うのか？君は夜についてどう言うのか、守護者よ？

私には昇っていく世代が見える。そして降りゆく世代も見える。私は巨大な世代が、全身を武装して昇ってゆき、生へと喜びという武装で全身を固めつつ向かっていくのが見える。

塔の高みから君は何を見るのか？何を見るのか、リンケウス、我が兄弟よ？ああいと哀しき！他の預言者は泣かせておくが良い。夜が来て、そしてまた日が昇ってくる。

彼らの夜が来て、我らの日もまたやって来る。そして眠りたいと思うものは眠るが良い。リンケウス！今は塔から降りるのだ。日が生まれる。平野へと降るのだ。全てをもっと間近でみるのだ。リンケウス、来るんだ！ここに日は昇った、そして私たちはそれを信じているのだ。

第七書

もしアミンタスの肌が黒ずんでいるならば
ウェルギリウス

航海
一八九五年二月

マルセイユから出航。

荒れる風。晴天。例年よりも早い生暖かさ。帆のぐらつき。

羽根飾りをつけた輝かしい海。波によって伐たれる船舶。栄光の支配的な印象。かつての様々な船出の思い出。


航海。

何回、私は夜明けを待ったことだろう……

……勢いを無くした海の上で……

そして私は夜明けがやってくるのを見た、だが海は平穏にはならなかった。

顳顬に滴る汗。無気力。無頓着

海の上での夜。


荒れ狂っている海。甲板もまた海のよう。うなるスクリュー……

ああ！苦悩の汗！

疲れ切った頭の上の枕……

この晩、月は甲板の上を豊かに照らし、その様は素晴らしかった。――だが私はそれを見るためにその場へは直接行かなかった。

――波を待つ――水の突然煌めく、豊かな水。窒息。膨張。転落。――自我の無精。そこにいる私は一体何者だろう？コルク栓。コルク栓。

波に浮かぶ哀れなコルク栓。波の忘却へと投げ捨てる。自己放棄という快楽。ある一つ、であるということ。

夜の果て。

とても爽やかな朝に、バケツに汲んである海水で甲板を洗う。換気。――船室に、船体が洗濯ブラシによってこすられる音が聞こえてくる。轟く衝撃――私は船窓を開けたいと思った。汗ばんだ額と顳顬に吹き付ける海の突風。私は船窓を開けたいと思った……。寝台。私はそこに身を投げた。ああ！港に着くまでの転覆へのあらゆる恐怖！白い船室の壁に反射して影を作る回転装置。狭苦しさ。

私の目は見ることに疲れた……
麦わらで、私はこの冷たいレモネードを飲む……
そして新たな大地で目を覚ます、回復期のように……――夢には見ぬ色々なこと。

＊

朝、海岸にて目覚める。
一晩中、波に揺られた後に。

アルジェ。
高原がやってきて、丘の上に休む。
陽が沈み消え失せんとする日々
船にあたって砕ける海辺
夜がやってきて私たちの愛を眠らせる
錨地のように私たちの方へとやってくる夜
思考も、光も、憂鬱な鳥たちも
一日の日差しを避けるようにしてそこに憩いに行くだろう
叢林にはあらゆる影が安らいでいる……
そして牧場の静かな水、草の生い茂った泉

……そして、長い旅の帰り道
穏やかな岸辺。港に停留する船舶
私たちは穏やかな波へと行く
さすらい鳥と係留された小舟が眠っているのを見るだろう
――沈黙と友情の
広大な錨地を開くために私たちの方にやってくる宵

――さあ、全てが眠りに入る時だ――

一八九五年三月

ブリダよ！無粋で色褪せた冬に咲く、サエルの花よ！春になれば、お前は美しい。朝、雨が繁くに降っていた。空は無精で、温暖で、それでいて悲し気だった。そして花を咲かせる君の木々の香りは、君の遠くまで伸びる小道に漂っていた。君の穏やかな池から噴き出す水。遠くから聞こえてくる兵舎のラッパの音。

ここにもう一つ庭、捨て去られた木々がある。そこでは、白いモスクのオリーヴ樹の下で仄かな光を放っている。――神聖なる木！今朝、私の極限まで疲労した思考と愛に動揺して摩耗した肉体をそこに休めるために足を運んだ。蔓よ、私は君のこの前の冬に見たその姿は、とても想像がつかないくらいの立派な開花であった。ぐらついている枝の間に咲く菫色の藤よ、傾いたつり香炉のような房、小道の黄金色の砂の上に散在している花びら。水のざわめき。湿った音。流域の畔の波打。巨大なオリーヴ樹、白いシモツケ、生い茂ったリラ、茂った茨、薔薇の叢。そこに独りで来て冬のことを思い出す。そして春もまた疲れるようなものだということを感じ取る、ああ！もう心が騒ぐことすらない。そしてもっと過酷なものをすら望む。というのもこれほどの寵愛ですら孤独を招きそれに微笑みかける。そして人気のない道で欲求だけが執拗なまでにつきまとってくるからだ。そしてこのとても穏やかな流域の水のざわめきが聞こえてくるにも関わらず、その畔の深い沈黙があまりにも欠けていることを示しているかのようだ。

＊

私は自分の瞼を冷やしに行くための泉を知っている。
神聖なる森。私は知っている、そこの道を。木の葉を、その森の空き地の涼しさを。
行くとしよう、夕暮れ時にあらゆるものが静まり返り
空気の愛撫がすでに
私たちを愛よりも眠りへと誘う時に
全ての夜が降り立ってくる冷たき泉
氷のように冷たい水、白く慄く朝が透き通って見えてくる
純然たる泉
暁の光が現れる頃に
私が驚きを持って輝きと事物を眺めた時

その光が味わいを
私は再び見出すのではなかろうか……？
その時に、私はそこに行き、私の火照った瞼を洗うだろう。

ナタナエルへの手紙。

君は、ナタナエル。この光からその力を汲み取ることが、どうなるのかを君は想像したことはあるまい。そしてこの執拗なまでの暑さが与える恍惚とした感覚……。空へと向かうオリーヴ樹の枝。丘の上に広がる空。カフェの入口から聞こえてくるフルートの調べ……。アルジェはあまりにも暑くお祝いごとでいっぱいのように思え、私は三日間そこを離れたいと思った。だが私が暑さを避けるために赴いたブリダでは、たくさんの花を咲かせたオレンジを見つけた。

私は朝から外出した。散歩をした。眺めるものは何もないが、全てを見る。素晴らしい交響曲が私の中で紡がれ、聴いたこともないような響きをもたらしてくる。時が過ぎ去っていく。太陽の進捗が垂直でなくなるにつれのろくなっていくように、私の感動も鈍くなっていく。そして生き物か事物か、どちらに惚れ込むかを選択する。——だが、動くものであってほしい。というのも私の感情はすでに固定されていてしまい、もはや活力を失ってしまったからだ。そういう時、私は各々の新たな瞬間に何も見ることはなく、何も味わうこともない。私は過ぎ去ってゆく事物の雑多なものを追求するのに夢中になる。もう少し長い間太陽を見るために、私はビルダを俯瞰できる丘の高みを昨日駆け回った。そして太陽が沈み、燦然とした雲が白い露台を色づけているのを見るために。私は樹木の下に、木陰と沈黙を捉える。月明かりの下、私は徘徊する。時々、自分が遊泳しているような気分になる。というのもそれほどに暑くて輝くような空気が私を包み込み、優しく私を宙に浮かせたからだ。

……私の歩いている道は私の道であると思っている。そしてその道は然るべき道だと私は信じている。私は信仰と呼ばれる、深い信頼の念を習慣として我が身に携えている、それが固く誓ったものに基づいているのならば。

ビスクラ。

女たちはドアで待っていた。彼女たちの後ろには上へと続くまっすぐな階段があった。彼女たちはドアの敷居のところに、偶像のように化粧をして、金の王冠型の髪飾りをつけつつ髪を結っていながらしかめ面をしながら座っていた。夜になると、ここの通りは活気づいたものだ。階段の上にはランプが点っていた。階段に付随していた小部屋から光の壁龕が放たれていたので、女は各々そこに座りっぱなしであった。彼女たちの顔は煌めく黄金色の王冠型髪飾りの下の影に覆われたままだった。そしてどの女も私を、私だけを待っているかのように思えた。階段を上るために、王冠型髪飾りに一枚の金貨を付け加えた。そこを通ってゆくと、娼婦はランプを消した。そして彼女の窮屈とした部屋に入るのだ。そこにある小さな茶碗でコーヒーを飲んだ。そして低い長椅子のようなものの上で姦淫の罪を犯した。

＊

ビスクラの庭園。

君は私に書いたね、アトマン。「私はあなたがやってくるヤシの木の下で、羊たちの見張りをしています。またここに帰ってきてください！春は木の枝に垂れかかることでしょう。私たちは一緒に散歩をすることにして、もう考えるのはやめにしましょう……」

——羊の番人アトマン。君はもうヤシの木の下で私を待ったり、春が到来するのかを見る必要はもうない。私はすでに来たのだ。春が枝に現れた。私たちは一緒に歩き、もう考える必要はないのだ。

ビスクラの庭園。

今日の天気は灰色がかった曇りだ。オジギゾウの香り。湿っぽい生暖かさ。分厚いのか大きいのか、蒼天で作られるが如き漂う水の雫……。それらの雫は木の葉にかかっていて、乗り掛かるように葉に留まった後、突如地面へと溢れる。

……私は夏の雨の時のことを思い出す。――だがあれは果たして雨だったのだろうか？――溢れるその生温い雫は、とても大きくてどっしりとしていて、このシュロの、緑色またはバラ色の庭に散り落ちていて、それがとても重たいので、水上にある多数の恋の贈り物の花輪が散ってしまうくらいに、木の葉と花と木の枝が揺さぶってしまうのだった。小川は花粉を遠くまで繁殖させるための花粉を飛ばすための仲介役を果たした。それらの川の水は、濁っていて黄ばんでいた。その水の中の魚たちは痺れたような様子であった。水の表層に鯉がパクパクと口を開けるのを聴いた。

雨が降る前に、喘いでいるような南国の風が大地にとても深い焼け跡を押しつけた。そしてそれによって小道は今、木の枝の下で蒸気でいっぱいだった。祝祭の行われていたベンチを保護するかのように、オジギゾウは身をたわませていた。――それは愉悦の庭であった。そして男たちは毛織物を、女たちは縞模様のついたハイクを着ていて、湿気が己が身に染み渡るのを待ち構えていた。彼らは相変わらずベンチの上にいたままであったが、喋ることは完全にやめ、驟雨の滴りに皆耳を澄ませていて、夏の通り雨の滴りに己が身を任せ衣服を濡らし、肉体を洗わせた。——湿った空気、生い茂った木の葉は相当なもので、愛に抵抗することもなく彼らの側のベンチに座りっぱなしでいた。——そして雨が止むと、枝だけがびしょ濡れのままだと、人々は皆靴を、サンダルを脱いで、裸足で柔らかくなった大地を足踏みした。その柔らかさこそが悦びであった。

*

誰一人として歩いていない中庭へと入っていく。白い毛織の服を着た二人の子供たちが私をそこへ案内してくれた。非常に遠くまで伸びている庭で、向こうにはドアが開いている。木々はさらに大きい。下った空が木々に掛かっている。——壁。——雨に濡れた街全体。——向こう側には山々。形成された小川。木々の糧。厳かで恍惚とも言える豊穣。漂う芳香。覆われた小川。運河（繚乱な木の葉と花）——そこに流れる水が緩やかであるためにそこを人は「セギア」と呼んでいた。

恐ろしいほどの魅力を湛えるガフサの池。——Nocet cantantibus umbra.——今夜は雲が少しもなく、深々としていて、微かな靄が掛かっている。

（アラビア人のような白い毛織の衣装に身を包んだ少年は「アズウ」という最愛の、を意味する名前であった。もう一人の少年は「ウァルディ」という名前で、それは薔薇の季節に生ま

れたことを意味していた）

——我らの唇を濡らした
空気のように生温かい水……

月が銀色に照らすまでは、私たちにはくっきりと見てとることのできぬ薄暗い水。それは木の葉の間に生まれたようで、そして夜の獣たちはその畔を動き回っていた。

＊

ビスクラ——朝に。

夜明け前に、外出する。——飛び出していく——全く新たな空気の中へと。
セイヨウキョウチクトウの枝の一つが、寒さで身震いする朝の中、震えることだろう。

ビスクラ——夕暮れに。

この木に、鳥が集い囀っていた。彼らは囀っていた、ああ！鳥がこんなに強く囀れるのかと私が思うくらいに、強く囀っていたのだ。木ですらも叫んでいるかのようだった。――その木が茂っている木の葉全体を駆使して叫んでいるかのよう――というのも鳥たちは見えなかったからだ。私は考えた、彼らは死んでいくのだ、その感情は極めて強烈なのだ、と。だが今夜は彼らはどうしたというのだろう？夜が明ければまた新たな朝が生まれることを彼らは知らないとでもいうのか？彼らはいつも睡眠を恐れているとでもいうのか？たった一夜で、彼らは愛に身を蕩尽したいというのだろうか？それはまるで彼らはこれから後に無限の夜に住まわんとするが如く。春の終わりの短い夜！ああ！夏の夜明けが彼らを目覚めさせる喜び、そしてその次の晩に、死ぬことについては以前よりも少ない喜びを抱いて、やっと彼らは睡眠を思い出すのであった。

ビスクラ――夜に。

無言の叢。だがキリギリスの愛の囀りが辺りの砂漠を震わせていた。

＊

シュトマ。

長引く昼。――そこに身を横たえる。イチジクの木の葉はさらに大きくなった。それを擦ると、その匂いが手にも漂ってくる。その茎は乳を泣くように滴らせている。

またもや暑さが蒸し返してくる。――ああ！私の羊たちの群れがやってくる。私の好きな羊飼いのフルートの調べが聞こえてくる。ここに来るのだろうか？それとも私の方から出向いていこうか？

時間の進捗の遅さ。――まだ昨年の乾いた柘榴の実が、枝にぶら下がっている。すっかりはじけて固くなっている。これと同じ枝に、新たな花の蕾が膨らんでいる。鳩がヤシの間を飛びすぎていく。ミツバチが牧草地を勢いよく飛び交っている。（私はアンフィダの近くで、美しい女たちが井戸の中へと降りていくのを思い出す。遠くないところに、灰色あるいはバラ色の巨大な岩があった。その頂にはミツバチ群の住処であると聞いたが、確かに無数のミツバチがそこでブンブン音を立てていた。その巣箱は岩に埋もれているのだ。夏になると、暑さにヒビの入った巣箱が岩に沿って蜜が流れ溢れる。そしてアンフィダの人々がそこにやってきてそれを拾い集める）――羊飼いよ、来い！――（私はイチジクの花を齧る）

夏！黄金色の流れ。乱費。増大する光の絢爛さ。愛の横溢！誰が蜜を舐めてみたいと思うのだ？蝋の巣部屋は溶けてしまった。

そしてその日に私に一番美しいと思えたものは、人々が小屋へと連れて帰る雌羊の群れであった。彼らの小さな脚の急ぎ足は、シトシトという音をたてるにわか雨のようだった。太陽は砂漠へと沈んでいき、それによって砂塵が巻き起こされた。

オアシス！それは島のように砂漠の中に浮いていた。遠くから、緑のヤシの木々がそれらの根を養うための泉があることを示していた。水が豊富にありセイヨウキョウチクトウがそこに垂れかかっていた。この日、十時ごろに私たちがそこに到着すると、私はすぐにそれより先に旅を続けようとする気がなくなった。その庭の花はあまりに魅力的で、そこから離れたいととても思えなかった。――オアシス！（アフメトは次に行くオアシスはもっと遥かに美しいと私に言った）

＊

オアシス。次のはもっと遥かに美しかった。花がさらに生い茂っていて、ざわめいていた。もっと大きな木々が、さらに豊かな水へと身をたわめていた。真昼であった。私たちは入浴した。そしてまたもやそこを去らねばならなかった。

＊

オアシス。次に着いたところには何と言えばいいのだろうか？それはやはり更に美しいものであり、そこで日が暮れるのを待った。
園！それでも私はもう一度言いたい。夕暮れ前のあの心地よい凪について。園！そこで身を浴すのだと思われるところがあった。杏が熟している単調な果樹園のようなオアシスもあった。花とミツバチでいっぱいで、強烈な香りが漂っていたオアシスもあった。その匂いはあまりにも強烈で、いるだけで食べた気になってリキュールを飲んだ時のように酔っ払ってしまう。次の日になってしまうと、私が好きなのはもうこの世で砂漠しかない状態にあった。

ウーマック。

そのオアシスは岩と砂がいっぱいあった。真昼にそこに入っていき、侘しい街もそこに見えた。日がとても暑かったのでその街があったとは予想だにしていなかった。ヤシの樹は真っ直ぐな状態で立っていた。老人たちがドアの凹んだ部分で喋り合っていた。男たちはウトウトしていた。子供たちは学校でお喋りをしていた。女たちの姿は見えなかった。
街路は土で形成されていて、昼にはバラ色に、夜には菫色へと変化する。昼には人の気配はなく、日が暮れると賑わい始める。その時間帯になるとカフェは人でいっぱいになり、子供たちは学校を出てくる。他方で、老人たちは相変わらずドアで話し込んでいて、日差しは和らいでくる。女たちはヴェールを剥いで花のように露台に上がり、自分たちの面倒事について喋り合う。

真昼に、アルジェの通りにはアニス酒とニガモヨギの匂いが立ち込める。ビスクラのモール人のカフェでは、客はコーヒーとレモネードとお茶しか飲まない。お茶はアラブのお茶。胡椒の効いた甘味。生姜。これよりもっと過剰で、もっと強くて、味のない東方の飲み物を連想させる飲み物。――コップの奥底まで飲み干すのは無理。

トゥグールの広場では香料の商人たちが屯している。私たちは彼らから色々な種類の樹脂を購入した。そのうちの一つに嗅いだものがある。齧ったものもある。燃やしたものもある。燃やしてみたものの大部分はキャンディーのような形状をしていた。火をつけると、多量でつんと裂くような煙が湧き出てきて、それにはとても微かな匂いが付随してくる。その煙は宗教的な恍惚さを喚起する助けとなり、モスクでの儀式において焚かれるように使われる。齧った場合だとすぐに口いっぱいに苦味が広がり、歯を不愉快にねばねばさせる。吐き出した後でもまだ長い時間、その味が口の中に残り続ける。嗅いだものについては、ただ匂いがしただけであった。

テマシーヌの聖者のところで、食事が終わったと香の入ったお菓子が差し出された。それは黄金色、灰色あるいは薔薇色の葉によって飾られていて、パン屑を捏ね回して調理したように見えた。口にしてみると、砂のように砕けた。だがどこかある種の心地よさがあるのを見出した。薔薇の匂いのするものもあれば、柘榴の匂いのするものもあり、完全に変質してしまったと思われるようなものもあった。——食事の最中では、煙がなければ陶酔へと入ることは不可能であった。うんざりするほどの数の皿が出てきて、皿が変わるにつれ話題もまた変わった。——そして一人の黒人が皆の指の間に、水差しから香水を注いだ。その水は大皿へと滴れていった。そして向こう側では、女たちの愛の後に、君たちを洗ってくれるのだ。

トゥグール。

広場に宿営しているアラブ人たち。点けられた火。晩にはほとんど見えない煙。

キャラバン！——キャラバンが宵に到着した。キャラバンが朝に出発した。恐ろしい疲労困憊、蜃気楼による陶酔、そして今では絶望してしまっているキャラバン！キャラバン！私は君たちと一緒に出発することはできないのだろうか、キャラバン！

東方へと、百檀油と真珠、バグダッドの蜜を入れたお菓子、象牙、刺繍等を求めて進んでいくキャラバンがある。

南の方へと、琥珀と麝香と、黄金の粉と駄町の羽根を求めて出発したキャラバンがある。

夕暮れ時に西方へと出発して、太陽の最後の光が人を照らす頃に行方不明になったキャラバンがある。

私はヘトヘトに疲れ切ったキャラバンが戻って来るのを見たことがある。ラクダが広場に蹲っていた。ようやく重たい荷物が下ろされた。それは厚い布に包まれた荷物だったが、そこには何が入っているのかは分からない。また別のラクダは女性を乗せていて、彼女は駕籠の中に身を潜ませていた。他のラクダは天幕用の材料を運搬していて、夜になるとそれを広げるのだ。――ああ、果てのない砂漠における、壮麗で広大な疲労よ！――宵の食事のために、火が広場に灯された。

*

ああ、何度、私は夜明けに起床して、栄光よりも更に光の豊かな真っ赤な東方へと向かい、――何度、色褪せた枯れゆくヤシの樹がありもはや生命が勝鬨をあげぬ砂漠のオアシスの端まで、――あまりにも輝きすぎて目を注ぐことができないくらいの光の泉に身を屈めるように、光が横溢する広大な平野であるお前に、私の欲望を向けたことだろう。――灼熱の暑さ……。砂漠の熱気を濃くするためのどれほど歓喜した恍惚、どれほど暴力的で激しい愛なのだろう？

仮借なき大地。善意なき大地、甘美さなき大地。情熱と熱情の大地。預言者たちに愛された大地――ああ！苦痛の砂漠、栄光の砂漠、私は君を狂おしいほどに愛した。

私は蜃気楼に満ちた塩湖に、白い塩の表層が水のような外観で表れているのをみたことがある。――空の藍色がそこに映される、それを私は理解する――海のような藍色の塩湖――だがイグサの束、そして更に遠くには崩れた頁岩の割れ目――どうして、小舟が漂う景色と、その遠くには宮殿の姿が?全てこれら歪曲されたものが、この想像上の深々とした水の上に留まっている(塩湖の畔の匂いは吐き気を催すくらいだった。それは塩を含み燃えるような、悍ましい泥灰石だった)。

私は斜めの朝の日差しを浴びながら、アマル・カドゥの山脈がバラ色になり、何かが燃えているような有様であるのを見た。

私は、地平線の彼方から吹いた風が砂を舞い上がらせ、オアシスを喘がせるのを見た。オアシスは暴風雨によって激しく揺さぶられる船舶にしか見えなかった。それは風によってひっくり返っていた。そして小さな村の通りでは、熱病に犯されたような激しい渇きを抱きつつ、痩せ細った裸の男たちが身をよじらせていた。

私は荒涼とした通りに沿って白いラクダの死骸が横たわっているのを見た。キャラバンによって見捨てられたそのラクダは、完全に疲れ切っていて歩くことが全然できなくなり、腐敗し始め、蝿が蝟集し、極めて不快な悪臭を放っていた。

私は昆虫の鋭い鳴き声以外には何も聞かぬ夜を見た。

——私はまだまだ砂漠について語りたい。

蛇がいっぱいいる、エスパルトの砂漠。風に波打つ緑の平野。石だらけの砂漠。乾燥。輝く頁岩。ハンミョウが飛び交っている。イグサが乾いている。全てが太陽に照らされ、パチパチと音を立てる。

粘土の砂漠。ここでは少しだけでも水が流れてさえすれば、全てのものは生き続けることができるだろう。雨が降りさえすれば、すぐに全ては緑となる。とても乾燥した大地は微笑むことには慣れてないだろうが、そこに生えている草は他のものよりもしなやかで馥郁とした香りを放っているようだ。種子をつけるよりも早く太陽の日差しがそれを萎えさせることを恐れ、急ぎ開花させ、香りを放つ。愛の営みもまた忙しない。太陽がまた戻ってくる。大地はひび割れて、やせ細り、あらゆる所から水を流れ出す。むごたらしいくらいに亀裂の入った大地。大雨が降ると、全ての水は峡谷へと流れ出る。軽んじられ、水を引き止める力もない大地。絶望なまでに水気を失った大地。

砂の砂漠。——海が波打つように動く砂。絶えず移動する砂丘。ピラミッドのような砂丘がキャラバンを間をおいて導いていく。一つの砂丘の頂に登って、地平線の彼方にはまた別の砂丘が見て取れる。風が吹くと、キャラバンは進行を止める。駱駝引きたちが駱駝を避暑地として利用する。

＊

砂の砂漠——拒まれた生命。そこにあるのは躍動する風と、暑さだけである。砂はビロードのように静かに陰へと入る。夜には燃え盛り、朝になると灰となる。砂丘の間に純白な谷がある。私たちはそこを馬で超えた。砂を私たちが通り過ぎると、その足跡を埋めた。疲れ果てて、次の砂丘に行くと、そこはもう越えていけないと思ってしまった。

砂の砂漠よ、私はお前を熱心に愛したことだろう。ああ！お前の最も小さな砂塵も、その唯一の場所にありながら森羅万象を何度も告げるように！——砂塵よ、お前はどんな人生を思い返すのか？いかなる愛から分断されているのか？——砂塵もまた人に讃えられたい。

我が魂よ、砂の上でお前は何を見たか？
白骨を——空の貝殻を……

朝に、我らは太陽の光を避けるために高くまで聳える砂丘の畔に来た。そしてそこで腰を下ろした。そこの影はとても爽やかで、イグサがそこで美しく生い茂っていた。

だが夜は、夜は、何と言えばいいだろうか？

それはノロノロした航海だ。
波は砂漠よりすらも青くなく
空よりも光を放っている
――空の星一つ一つが、私にとって美しいものと思えた時の夕暮れを私は知っている。
砂漠に雌ロバを探していたサユールよ。――君は、君の雌ロバを探し見つけることはできなかった――だが探していなかった王国を君は見つけた。

己が身に害虫を飼育する喜び
生は私たちにとっては

野生的で突然変わる味わい

そして死の上に花咲くように
幸福がここにあることを願う

第八書

燐に光が付随するように、我らの営みも我らに付随する。我らの営みは確かに眩い光を放つが、それは我らが身を摩耗させることによってのみ能う

私の精神よ、お前は空想上の散歩をしながら、恍惚の境地へと陥っていた！

ああ、私の心よ！私はお前に大いに水をやった。

私の肉体よ、私はお前に愛で酔わせた。

今こうして休息して、自分の富を数え上げようとしても無駄なことなのだ。私はそんな富は全く持っていない。

私は時々、過去のいくつかの連なる思い出の中を求め、それによって一つの物語を作ろうとする。だが私は自分の姿を喪失してしまい、私の生から分断されてしまう。どうも私は常に新たな瞬間においてしか生きていないように見える。いわば、瞑想していると呼ばれるもので、私にとって一つに拘束されるというのは不可能だ。私はこの単語の意味を理解できない、つまり「孤独」という単語を。自分の中へと内省することは、もう誰ともいないということだ。私

には様々なものが住まっている。――つまり、私は至る所で自分の住処を見出すのだ。そして欲望がいつも私を駆り立てるのだ。最も美しい思い出も、私にとっては幸福のただの残骸にしか過ぎない。最も小さな水の滴りも、それが一滴の涙でも、それが私の手を濡らすとそれが私にとってとても尊い現実となるのだ。

＊

メナルク！私は君を思う。

言い給え！一体どのような海に、波濤によって汚された君の船は船出するというのか？

さて今、メナルク、莫大な財宝を積んで（それが私にまた欲望を幸福にも喚起させるのだが）、君は果たして帰還するのだろうか？もし私が現在休息しているとしても、それは君の豊かさに起因するものではない……。違う、君は私に決して休息してはならないと教えてくれたのだ。――君はこの恐ろしいと言っていい程の人生を彷徨い、まだ疲れていないのだろうか？私としては、時々苦痛の叫び声をあげたい気にはなるが、疲れは全く抱いていない。――そして私の肉体が疲れた時は、非難すべくは私の脆弱さである。私の欲望はもっと勇敢であるべきと望む。

――確かに、今現在私が恨むものがあるとすれば、君が私に紹介してくれた多数の果実を、私から遠ざけ齧ることもなく、腐敗させてしまったことだ。その私たちを養う愛の神。――というのも、福音書で読んだのだが、今日それを口にするのを我慢すると、後になって百倍の量になってくると書いてあったからだ……。ああ！私の欲望は不安を起こさぬ善行をもっとしなければならないのか？——なぜなら、私はすでに悦びを味わいすぎたのだから、これ以上ほんの少しでも多く味わうことはできないだろう。

＊

遠くでは私が贖罪をしたという噂が流れていた……
だが悔やんだとて、私は何をすればいいというのだ？
サアディー

確かにそうだ！闇こそが私の青春だった
私はそれを悔やむ
私は大地の塩も
塩辛い大海の塩も味わいはしなかった
私自身が大地の塩だと信じていた
だから私は自分の味を喪失してしまうことを恐れていた

海の塩は決してその味を喪失しない。だが私の唇はすでに老いてしまいその味を感じることができない。ああ！私の魂がそれに渇望する時、私はなぜ海の空気を吸わなかったのか？今の私を陶酔させるに足るだけの葡萄酒はどれだ？

ナタナエル、ああ、君の魂がそれに微笑むのなら君の喜びを満足させるのだ——そして君の愛への欲望を満足させるのだ、もし君の唇がまだキスするほどに美しく、君の抱擁に喜びがあるのなら。

なぜなら君はこう考えるだろうし、言うだろう——果実がそこにあった。それらの重みは枝をたわませ、すり減らせていた。——私の口はそこにあった。そしてそれは欲望でいっぱいだった。——だが私の口は閉じたままで、私の両腕は祈祷のために合わせていたから差し出すことができなかった。——そして私の肉と魂のなす術もなく欲望が満たされぬまま渇いていた。——時はすでに絶望的に過ぎ去っていた——とね。

（それは本当か？本当なのか、シュラミトよ？——

君は私を待っていてくれたのに、私は全く気づかなかった！

君は私を探していたのに、君が近づいてくる足音に気づかなかった）

ああ！青春——人はほんのわずかな時間しか所有せず、残りの時間はただ思い起こすだけだ。（喜びが私のドアを叩いた。欲望がそれに対して私の心の中で答えた。私は膝をついたまま、そのドアを開けなかった）

流れいく水は、無論幾多の畑に水を注ぐことだろう。そして幾多の唇がそこで渇きを癒した。だが私はその水について何を知っているというのか?――流れていくその爽やかさ以外にそれには何があるというのか?そして流れ過ぎてしまえばその爽やかさもまた私は渇きを覚えるではないか。――私の快楽の容姿よ、お前は水の如く流れてゆく。もし水がここに新たに流れてくるのならば、恒久的に爽やかさをもたらすものであってほしい。
河川の尽きることのない爽やかさよ、小川の限りない奔流よ、お前たちはつい最近私が両腕を浸して冷たくすることができたらさっさと投げ捨てたような、あの単なる集水のようなものではない。集水よ、お前は人間の叡智のような存在だ。人間の叡智、お前は川の尽きることなき清爽さを持ってはいない。

不眠。

期待。期待。病熱。小道で過ごす青春の時……君たちがこう呼ぶもの全てに対する焼けるような渇き、すなわち「罪」。
月に対して犬が侘しく吠えていた
泣き喚く幼児のような猫
町は翌日になるとあらゆる希望が若返ってくるために、少しばかり平穏さを味わおうとしていた。

私が小道を歩いていた時の時間を思い出す。舗石の上を裸足で歩いていた。私は額を濡れた露台の鉄棒へと充てた。月明かりの下、照らされていた私の肉体は摘み取られる美味なる果実のようだった。期待！お前は私たちに罪人の烙印を押すためにあった……。熟しすぎた果実よ！私たちの渇きがあまりに激しくて、もうその渇きを我慢できなくなった時だけお前たちを齧った。腐った果実よ！お前は私の口を毒のような味で満たし、私の魂の髄まで濁らせた。――私たちが苦悶したあの日々はようやく終わるだろう、元気になって道を駆けながら後を追いかけていく為に……。もう待つようなこともせず、分の酸味があって甘い肉を齧り、愛の香りを放つ君の乳を吸った、今なお若い者に幸いあれ。

（確かに私は自分の魂が強くすり減っていくのを妨げるためにできることは全て行った。だが私は魂を神から引き離すためには、自分の感覚をすり減らすしか術はなかった。この魂は一日中一晩中、神に専心していて、困難な祈りを考え出しては熱で身を消耗していった）

今朝私は、どんな墓から抜け出してきたことだろうか？（海の鳥たちが翼を広げつつ水浴している）そして生というものの像は、ああ、ナタナエル。私にとっては欲望に満ちた唇に広がるいっぱいの果実なのだ。

＊

眠れなかった幾多もの夜がある。

ベッドの上に大きな期待があった――何を待っているのかを分からぬ期待。四肢が疲れ切って愛の時のように身を反らせていた私は、眠ろうとしたが無駄だった。そして時々、私は肉欲の彼方を探し求めた、より一層秘匿されている第二の快楽のように。

……だが私の渇きは毎時間、飲むたびに増大していった。ついにその渇きは熱烈なものとなり、私はもうその渇望に泣き出した。

……私の感覚は透明なまでになるくらいに摩耗してしまい、ある朝に私が村の方へと降りていくと、空の蒼が私の中へと沁み込んできた。

……唇の皮を引き剥がそうとしている恐ろしいほど殺気立っているような私の歯。――そしてその歯も髄まで完全に摩耗されてしまったかのようだった。内側から吸引されたような窪んだ顳顬。――花の咲いた玉葱畑の匂いは、ちょっと嗅いだだけでも吐き気を催す。

不眠。

……そして夜に叫んで泣いている声が聞こえてきた。ああ！それは泣いているのだ。これは腐敗した花の果実だ。それは甘い。私は今後、欲望の漠然たる倦怠感を引きずりつつ歩いていこう。君の避難するためにあるような部屋は私を窒息させる。君の寝床は私にとってもはや満足できるものではない。——君の終わることなき放浪において、目標をもう探してはいけない……。

——私たちの渇きがあまりに強くなったので、私はこの水をどれほどの吐き気を催すかも省みることなくコップを丸ごとすでに飲み干した。

……ああ、シュラミト！君は私にとって閉ざされた狭隘な庭の木陰に覆われた、熟した果実のようだ。

ああ！全人類は睡眠への渇きと快楽への渇きの狭間にいて疲れているのだ、と私は考えていた。恐ろしい緊張、激しい集中、そして肉体の消耗を経た後では、人は睡眠以外は何も欲さなくなる——ああ！睡眠よ！——ああ！たとえ私たちが生へと向かって目を覚ますことはなくとも、欲望の新たな跳躍があればいいのだ。

……そして全人類は少しでも苦しみを和らげるために自分のベッドへと戻っていく病人のような行動しかしない。

……そして、数週間労働に励んだ後、あるのは永劫の憩い。

……まるで死においてもなお、人はどんな衣服も携えられると言わんばかりに！（単純化）そして私たちは死んでゆく——眠るために衣服を脱ぐ人のように。

……メナルク！メナルク、私は君のことを想う！——私は言った、そうだ、私は知っているのだ。一体何が私にとって大事なのか？——ここで——あそこで——私たちにとってはどこだろうと問題ではないのだ。

……今、彼方において、夕陽が沈む……

……ああ！時間が己が根源へと遡及することができるのならば！そして過去がもう一度やってくるのなら！ナタナエル、私は君と一緒に、私の青春のあの懐かしき時間へと戻りたい。その時生は蜜のように流れていた。——あれほど幸福を味わったと言うのに、魂は決して慰めを見出すことはないのだろうか？なぜならば、そこに、彼方に、あの園に私はいたのだが、それは他の誰でもない、私だったのだ。私は鳥の囀りを聞いた。私は花の香りを吸っていた。私はこの子供を眺めていて、触っていた。——そして確かに新しい春が到来するたびにこうした遊戯も付随してくる。——だがかつての私の、この別人、ああ、どうして私はあの姿へと戻ることができよう！——（今、村の屋根の上で、雨が降っている。私の部屋はただ独り寂しい）今は向こうで、ロシフの家畜たちが家へと戻るところだ。その群れは山から戻ってくる。砂漠は日が沈むと共に黄金色に辺り一帯照らされていた。夕暮れの静けさ……今。（今）

六月の夜——

パリ——

アトマン、私は君のことを想う。ビスクラ、私は君のヤシの木を想う。——トゥグール、君の砂を……。——オアシス、砂漠の乾いた風は向こう側にある君のヤシの木を揺らしてざわめいているのだろうか？暑さによってひびの入った柘榴よ、君の苦い種を落ちるに任せているのか？

シェトマ、私は君の清爽な水の流れを思い出す。そして、そばにくれば汗をかいてしまうような君の熱った泉もまた思い出す。エル・カンタラ、黄金の橋よ、私は君の調べが紡がれる朝と恍惚な夜を思い出す。——ザグウァン、私は君の無花果とセイヨウキョウチクトウがまた眼前に浮かんでくるようだ。カイルアンよ、君のウチワサボテン。スウス、君のオリーヴの樹。——沼地に囲まれた壁、崩れかけた街、ウーマック、私は君の荒涼を夢見る——そして、陰鬱なドローよ、鷲の生息、恐るべき村、荒涼たる峡谷、君もまた。

高きシュガ、君はいつも砂漠を眺めているのか？——ムレイエ、君は塩湖にか細い御柳を浸しているのか？——メガリィヌ、君は塩辛い水をたっぷり養っているのか？——テマシーヌ、君はいつも太陽に喘いでいるのか？

アンフィダの近くで、私は不毛な岩山を思い出す。春にはそこから蜜が流れていた。その側には井戸があり、とても美しい女たちがほとんど裸の状態でそこに水を汲みにやってくるのだ。

君はいつも彼方にいるのか、アトマンの小さな家。そして今は月明かりを浴びつつ、やはりずっと半分崩壊したままでいるのか？——そこで君の母が織り上げていた、またアムールの妻でもある君の姉はそこで歌ったり物語を語ったりしていた。雉鳩の雛鳥たちが夜に全員鳴き声をあげていた。——灰色の微睡むような水の畔で。

ああ欲望よ！どれほど眠れぬ夜があったことだろう、私は眠れぬままに夢の世界へと身を差し出したほどであった。ああ！夜の靄、ヤシの木の下のフルートの調べ、小道の奥深国ある白い衣装、激しい光に寄り添う柔和な影があるならば……。私は行こう！

——土と香油の小さなランプ！夜の風は君は炎を激しく揺する。——消えてしまった窓。素朴な天窓。屋根の上の穏やかな夜。月。開かれた道の奥に、時々乗合馬車か車の走行音が聞こえてくる。そして遥か遠くに、町を見捨てて去って行く列車が汽笛を鳴らす。大都会は目覚めの時を待つ……。

部屋の天井の上にある露台の影、本の白いページを照らす炎の揺らめき。呼吸。

——月は今や隠れた。私の眼前にある園は緑色の水域のようだ……歔欷。締め付けられた唇。あまりに大きな確信。思考の苦悶。私はなんと言おう？真実の事々。——他人——彼の生の重要さ。彼に話す……。

結論めいた
讃歌

M・A・Gに

彼女は新たに現れたばかりの星々へと両眼を向けた。「私はどの星の名前も知っているわ、と彼女は言った。各々には複数の名前があります。そして異なった徳を備えています。星の運行は一見私たちには穏やかに見えますが、実際は素早いものでそれらを燃え立たせてしまうくらいです。あれらの熱情的なくらいの落ち着きのなさはその運行の激しさの原因で、だからこそ絢爛な様子を呈するの。一つの本質的な意志があれらを押し出した上、導いていくのです。絶妙な熱情が星々を燃やしてしまい、そして焼き尽くしてしまうのです。だからこそ、あれらはとても華々しく、美しいのですわ。

星たちは徳と力というものによって互いに結合しているのです。ですので、一つの星は他の星を原因として営み、そして他の星は他の全ての星に依存しているわけです。各々の運行ルートは指定されていて、どの星も各々の辿るべき軌跡を見出すのです。星が進路を変更するためには、他の星の進路も変更せずにいるのは不可能で、つまりどの星の進路も他の全ての星の支配下にあるのですわ。そしてどの星も、辿らなければならぬ路を自分のものとして選ぶのです。それはつまりその星が望んだ路なのです。そして必然的に決められていると思われる路も、実は各々の好みによって選ばれたわけです。どの路にも純然たる意志によるものなのです。心を奪うような愛が、導き手となるのです。彼らの選択が各々の法則を決定し、私たちはその法則の支配下に置かれていて、そこから逃れることはできないのです」

反歌

ナタナエル、今こそ私の本を投げ捨てるのだ。そしてそれから自由になるのだ。私から離れ去るのだ。別れるのだ。君は今となっては私の妨げとなる。君は私を束縛する。君のために高く評価してしまった愛が、私をあまりに捉えすぎる。私は誰かを教育するようなふりをするのに、もう疲れている。私はいつ君が私と同じようになってくれ、と言ったのだろう？――私が君を愛するのは、君は私と違うからだ。教育する！――自分自身の他に、一体誰を教育するというのだ？ナタナエル、私は君にこういったことも言うのだろうか？私は今までずっと自分を教育してきた。そして今後も。私は出来る範囲のみでしか自分を尊敬しない。

ナタナエル、私の本を投げ捨てるのだ。それに満足してはいけない。君の真実は誰か他の人によって見つけられるものではない。何より、そのことに恥じなければならない。仮に私が君の糧を探し出したとしても、君はそれを食するほどに飢えてはいない。仮に私が君の寝床を用意してあげても、そこで眠るための眠気を君は催していない。

私の本を投げ捨てるのだ。人生には無数の態度で迎えることができるが、そこにはそのうちのたった一つしか書かれていない。君のものを探すのだ。他人が君と同じくらい立派にすることを、君はしてはならない。そして他人が君と同じくらい立派に言うことを、君は言ってはならない。君と同じくらい立派に書けることを、君は書いてはならない。君自身は、君自身にしかないと思えるような感覚だけにこだわるのだ。堪えながら忍耐強く。ああ！あらゆる存在の中で、二つとないものを、君の中から創りあげるのだ。

エピロゴス

ソクラテス：若さというものを君はどう思うかね？もし仮に可能であったとしたなら、君はもっと若い時に戻りたいと思うかね？

マテーシス：そう思うことはなくもないですね。今みたいに気苦労の多い年齢になると、自分が何も考えずにはしゃぎ廻っていたころのことを懐かしく思います。今現在も元気がある若者を見ていると、やはりそういう思いが強くなることも感じます。とはいえ、なんだかんだで私は今現在の年齢にも満足してはいますがね。ソクラテス、あなたはどうでしょうか。結構若さというものを軽蔑しているような印象を受けますがね。

ソ：いや、実をいうと私も若さというものを賛美していたところがある。キネーシス、つまりエネルギーに満ち溢れた若者をみて、羨ましいと思ったこともかなりある。さらに言うなら、若かりし頃のキネーシスに満ちていた私もこの若さを惜しいと思うところがあった。向こうみずなところもありながら、大人になると自分のこのエネルギーがなくなっていくのか、という不安に捉われることもあった。キネーシスを失った落ち着いた大人よりも、若き自分の人生の方が果たして本当に価値はあるのかと色々と疑ったものだった。

マ：その頃から、哲学者として片鱗を見せていたというわけですね。

ソ：そうかもね。ともかくやがて私は時の流れにより「若さ」というものから必然的に脱するようになった。若さというものが私の中から抜け出ていくのを感じた。普段歩いている場所、そこは川や樹木や風などなどいった、歩いていて気持ちの良い、今にも自然がたくさんあると思わせる場所があり、私は好んで歩いていたのだが、それが一変していくように感じた。

マ：それはあくまであなたのそれらの光景を見る目が変わったということで、決して光景それ自体が変わったということではないのですね。

ソ：その通りだ。だがそれがどう変わったのか？私にはうまく説明できないし君にも理解し難いことだと思う。だがそれでもあえて説明するとするのならば、その光景、つまり自然が冷たいものと見えるようになった。

マ：冷たい？温度とかではなく、よそよそしいということですか？

ソ：そうだ。それまで私はそこの光景を当たり前のように散歩していて、そこと一体化している、そう思っていた。自分の若さのキネーシスがその自然と同調している、単に風景が美しいだけではない、この自然と自分は一体化している、そんな具合さ。とはいえ、はっきりとそう頭に思い浮かべていた訳ではない。だがある日のこと、若さから脱し始めたある日のこと、私はどうもその自然が冷たいものと思うようになった。私というものを拒んでいるようなそのような具合だった。景色はやはり美しい。だがその美しさが妙に冷たく、妙に不気味だった。最初は気のせいかとも思っていたが、来る日も来る日もそういう思いが消えていくことはなかった。やがてある日の夜に、私は川の方を歩いていた。その川には若者たちが四人ほど集まって、結構元気に騒いでいた。昔の私ならそれをみて嬉しく思っただろう。その一同に加わることはなくとも、どこか同じ仲間だと遠くから思っただろう。同じ若者ゆえに。だがその時の私の思いは例の自然の光景と同じものだった。あったのはよそよそしさであり、壁であった。拒絶の壁であった。と言っても彼らが私を拒絶したわけではなく、私に何かをしたのでもない。私に気づいてすらいない。だがどうしてかはわかった。何せ自然の光景に比べれば彼らは私とより近い存在だったから。その理由は私は冷たい眼差しを身につけてしまったから、行動に理性や思考が大分に占めるようになったから。まあ分かりやすく言ってしまえば、私は若くなくなっ

たから。・・・

マ：つまり、大人になり、あの聖なる書物にもあるような果実を齧ってしまったということですね？

ソ：そうとも表現できるな。とはいえ私は堕ちたとは思わないがね。ともかくその考えが私に閃いて、自然に対しても壁によって隔てられたその理由も分かった。つまり私がその自然を怜悧な目で見るようになったということ、同調することなく他者として取り扱うようになったということ、端的に言ってしまえば、拒んでいたのは私だったということだ。・・・・・・・・・・・・・

マ：実に興味深いですね。とはいえ当たり前といえばそうです。若い時は人との一体感を大小問わず持っている傾向が強いですが、大人になるといかに人は孤独なのかを理解していく。

ソ：そのことに気づいたら私はどこか遠くまで見渡せる平野にぽつんと一人でいるような気分だった。人がたくさんいる街通りを歩いている時もだ。いやむしろ周りに人がいればいるほどに、私には無数の壁があるような気がした。それでも私は何とか平野を歩き続け、自分の居場所を見つけようと必死になったことがあるが、それはまぁ、今度話すとしよう。

マ：なるほど、しかし若さというのはやはり惜しいもので、大人になるというのはやはり悲しいものですね。

ソ：そうだね。その悲しみこそが大人である証と言えるのかもしれない。若さの美しさが熱による炎とするなら、大人の美しさは悲しみによる冷たい氷とでも表現できるかもしれない。だが大人のそれを持てる人間は、私の見たところそうそういないのが現実だがね。

訳者紹介
高橋 昌久（たかはし・まさひさ）
哲学者。
Twitter: @mathesisu

カバーデザイン　川端 美幸（かわばた・みゆき）
e-mail: bacxh0827.miyukinp@gmail.com

大地の糧

2025 年 1 月 23 日　第 1 刷発行

著　者　　アンドレ・ジッド
訳　者　　高橋昌久
発行人　　大杉　剛
発行所　　株式会社 風詠社
〒 553-0001 大阪市福島区海老江 5-2-2 大拓ビル 5 - 7 階
Tel 06（6136）8657　https://fueisha.com/
発売元　　株式会社 星雲社（共同出版社・流通責任出版社）
〒 112-0005 東京都文京区水道 1-3-30
Tel 03（3868）3275
印刷・製本　小野高速印刷株式会社

ISBN978-4-434-34725-2 C0098